El santo

El santo

CÉSAR AIRA

LITERATURA RANDOM HOUSE

El santo

Primera edición en España: junio, 2015
Primera edición en México: agosto, 2015
Primera reimpresión: septiembre, 2015

D. R. © 2015, César Aira

D. R. © 2015, de la presente edición en castellano para todo el mundo:
Penguin Random House Grupo Editorial, S. A. U.
Travessera de Gràcia, 47-49, 08021, Barcelona

D. R. © 2015, derechos de edición mundiales en lengua castellana:
Penguin Random House Grupo Editorial, S.A. de C.V.
Blvd. Miguel de Cervantes Saavedra núm. 301, 1er piso,
colonia Granada, delegación Miguel Hidalgo, C.P. 11520,
México, D.F.

www.megustaleer.com.mx

Comentarios sobre la edición y el contenido de este libro a:
megustaleer@penguinrandomhouse.com

ISBN 978-607-313-086-8

Impreso en México/*Printed in Mexico*

I

En una pequeña ciudad catalana empinada en los acantilados sobre el azul Mediterráneo, vivía un monje con fama de santo. Había sido peregrino de muchas tierras, venía de lejos, pero desde que huyera de él la juventud se había afincado en el monasterio del lugar, y allí envejecía lentamente. Transcurrían los últimos siglos de la Edad Media, que parecía como si no fuera a terminar nunca. La cultura de la época, sus sueños, sus guerras, se desenrollaban sobre el suelo europeo como una colorida alfombra a la que el Tiempo volvería Historia. Por el momento era una confusión nada más. Nadie se ocupaba de aclararla, porque no les convenía y porque los trabajos de la Razón estaban devaluados. La fe subyugaba al pueblo. Era una época de milagros y resurrecciones, en la que todo era posible. Se mezclaba el saber con la ignorancia, y las rigideces del dogma corrían lado a lado con las libertades de lo cotidiano. Ciclos inmutables de las estaciones embebían las fachadas de las grandes iglesias, verdaderos palacios de lo sobrenatural, a los que acudía una grey siempre mayor en busca de la poesía y fantasía que no tenían en sus vidas. También en busca de consuelo y esperanza, bienes tan apreciados como necesarios. En ese estadio de la civilización la esfera humana se encontraba relativamente inerme frente a los embates naturales de sismos, plagas, epidemias, inundaciones, incendios forestales, sin contar con los males inevitables, como el envejecimiento y la muerte, contra los cuales ni los avances de la ciencia ni los de la magia podrían nada en el futuro.

Aunque sin hacerse mucha ilusión, el hombre se volvía a Dios.

El monje de marras se había vuelto una celebridad. Obraba milagros, no todos los días pero con llamativa frecuencia. Y si a veces pasaban años sin que obrara ninguno, la confianza que se depositaba en sus poderes y el correspondiente prestigio no se desvanecían. Aunque esos lapsos de inacción cubrieran muchos, muchísimos años. Al contrario: los relatos de sus hechos milagrosos se magnificaban con el tiempo, que les daba un pulido legendario, desafiando a la incredulidad.

A resultas de esta capacidad prodigiosa de alterar los procesos comunes de la ley natural se lo tenía por santo, mediador privilegiado con las decisiones de la Omnipotencia celeste, sanador y reparador. Los fieles acudían de lugares cercanos y lejanos a requerir su bendición o la imposición de su presencia. Peregrinos individuales o grupos organizados (que bien podían ser aldeas enteras aquejadas por una catástrofe o por la mala suerte) cubrían grandes distancias atraídos por un renombre cuyo radio de acción no respetaba ríos ni montañas. No era contradictorio con el sedentarismo que estaba en el fondo del carácter de estos seres y les dictaba sus procederes. Se arraigaban en la confianza de que podían seguir ahí, en una forma regenerativa de eternidad. El temor a la muerte no se sustentaba en la nostalgia de la vida; ésta era demasiado dura y esforzada como para alentar lujos de melancolía. Lo que había era una obstinación de la que oscuramente se lo sentía aliado al pequeño monje, insignificante como era, elegido porque un agujero en el cosmos se había abierto justo sobre su cabeza, como podría haberlo hecho sobre la cabeza de cualquier otro.

Multitudes de tullidos, leprosos y apestados se hincaban frente a él. También los desesperados, los estériles, los abandonados. Ponían a sus pies males visibles e invisibles, unos y otros encarnados en flores del dolor. Él operaba desde la indiferencia y la lejanía. ¿Quién era? ¿Qué era? Él tampoco los conocía a ellos. La santidad la había construido desde adentro, desde lo ejemplar y la oración. Las visiones lo envolvían.

Así pasaron los años, en una constante romería de devoción. Pasaron también para el monje, implacables. Se acercaba la hora de su muerte. Ya no era un monje: era un santo. Un santo en vida. Su canonización: como si ya estuviera firmada por tres papas. Le sobraban méritos para el cielo y para los altares. En el monasterio y en la ciudad suponían que esperaría la muerte con la debida deferencia a los designios divinos, sin moverse de donde estaba, pero los hechos les reservaban un sobresalto de proporciones. El santo le comunicó un día al abad, quien no tardó en transmitirlo a las autoridades de la ciudad, su decisión de ir a pasar sus últimos días (no serían mucho más que eso) a su pueblo natal en Italia. Quería, dijo, que ahí reposaran sus huesos una vez que el alma hubiera ido a reunirse con el Señor. Trataron de disuadirlo, pero no hubo caso. Al parecer se interponía una vieja tradición de remotos orígenes etruscos según la cual el que moría lejos de su tierra natal se quedaba entre los hombres, en forma de fantasma. De nada sirvió que le recriminaran ceder a lo que sonaba como una superstición crédula y hasta apóstata; ni los mismos que lo decían podían negar que había algo convincente en su simetría. El sedentarismo exhibía, en el momento más inoportuno, su naturaleza paradójica. Y aunque hubieran argumentado con más energía tampoco habría servido de nada. El viejecillo, que desde su primer milagro cuarenta años atrás vivía rodeado de una invariable veneración, se había acostumbrado a hacer su voluntad, la misma que amansaba a los lobos y curaba las escrófulas.

Pero los catalanes no estaban para simetrías. Era una calamidad que se abatía sobre ellos, del tipo de las que afligían a los fieles que acudían en busca de milagros redentores: salvo que en este caso el mal provenía de la fuente misma de los milagros. El eco de la alarma resonó con fuerza en los estamentos ejecutivos de la ciudad, que perdería el tesoro religioso que constituía su mayor orgullo y haber, el imán que atraía a los peregrinos y movilizaba la economía local. Sin él se arruinarían sin remedio, porque engolosinados con los beneficios que les reportaba el santo habían dejado marchitar las demás actividades lucrativas a las que los habilitaban sus recursos naturales y humanos. ¿Pero no lo perderían de todos modos, habida cuenta de que el viejo monje estaba en las últimas? No, no lo perderían. Esto no había que explicárselo a nadie que no fuera un niño o no perteneciera a la Edad Media y su complejo de creencias. Una vez muerto sería tanto o más productivo que en vida. El santuario conteniendo la sagrada reliquia de su cuerpo seguiría obrando de mediador, al menos para los creyentes, del poder curativo de la divinidad. Tanto o más: porque al hallarse el alma a la diestra del Señor la concesión del milagro se haría más rápido. Había ventajas asimismo en la operatoria: en vida del santo los peregrinos querían verlo y recibir en persona la bendición, lo que no siempre era tan fácil. O el viejo estaba orando, o durmiendo la siesta, o se encerraba con el pretexto de que tenía frío o tenía calor. Un santuario en cambio podía estar habilitado las veinticuatro horas, invierno y verano.

Los afectados directos eran posaderos, muleros y comerciantes varios, así como los artesanos que contaban con llenar de relicarios, medallas y estampas los estantes de la tienda de recuerdos del santuario. Indirectamente, perjudicaría a la ciudad toda, sin excepciones. Les hervía la sangre al pensar que todo el beneficio, por esta movida in limine, quedaría para unos italianos que no habían movido un dedo para merecerlo.

Los conciliábulos se sucedían a ritmo frenético, pues no había tiempo que perder. Las autoridades tomaron cartas en el asunto y convocaron en asamblea a las fuerzas vivas. Al interés económico que estaba en el clamoroso primer plano de su pensamiento lo disfrazaban con excusas de prestigio, de nombre, y hasta, extremando la hipocresía, de religión. Pero no se molestaban en disfrazar la decisión de ir a los últimos extremos con tal de no perder, muerta, a la joya viviente que les daba de comer.

En tumultuosas sesiones se barajaron distintas alternativas. Convencerlo con argumentos ya se había probado inefectivo:

el viejo no cedía. Demorarlo parecía más factible, a la espera de que el deceso se produjera en el ínterin, con la ayuda de la Providencia y de una dieta rica en carbohidratos, pero los corteses intentos que se hicieron en ese sentido (por ejemplo sugerirle que esperara hasta alguna festividad próxima, una procesión o coronación de la imagen de alguna de las vírgenes mártires) chocaron con el apuro que manifestaba el presunto viajero. Y obligarlo a quedarse, emplear la fuerza, habría sido mal visto. ¿Qué hacer entonces? ¿Contentarse con lo que tenían? ¿Hacer un semi-santuario con la celda donde había vivido tantos años? Otros lo habían hecho, con relativo éxito, pero eso había funcionado con santos de los que se había perdido el paradero del cadáver; en este caso, si el auténtico santuario con el cuerpo estaba en otra parte, era patético quedarse con el «Aquí vivió». Exprimiéndose el cerebro en busca de la idea, alguien sugirió que lo dejaran ir, pero en secreto, y una vez que se hubiera marchado anunciar su muerte, y construir el santuario después de un sonado funeral con el cajón vacío. Era riesgoso, porque en Italia todavía podía hacer un par de milagros más, y los haría quedar como unos farsantes. Aun así, se insistió en esta solución, argumentando que Italia quedaba lejos, hasta que se convencieron de que no funcionaría: aun estando en la Edad Media, con malos caminos y viajes lentísimos, la información circulaba rápido, sobre todo en materia religiosa, porque los monjes y curas, que al parecer no tenían otra cosa que hacer, se estaban comunicando por carta de una punta a la otra de Europa sus ensoñaciones teológicas.

Descartadas todas las soluciones legales, sólo quedaba otra, que no se mencionó por su nombre.

II

Esa noche una sombra armada se introducía en el monasterio. El abad, cómplice principal de la conjura, había dejado sin traba una de las puertas laterales, además de reunir en la capilla a todos los habitantes del complejo, no sólo a los monjes sino también al personal de servicio. Sólo el viejo santo permanecía en su celda, ignorante de la conjura y durmiendo el sueño de los justos. Para los demás, la consigna había sido orar hasta el alba, sin entrar en detalles. Orar por el descanso eterno, que se anticipaba laborioso y productivo para la comunidad, de su miembro más destacado. La congregación nocturna tenía algo de funeral anticipado. Cargados de imágenes de bulto, los nichos de la capilla se hacían profundos en la penumbra. Las llamas temblorosas de unos pocos cirios en el altar hacían bailar a las columnas. Las sombras, adoptando formas grotescas, callaban plegarias de difuntos que no osaban decir su nombre. Arriba se sucedían las bóvedas impenetrables. Monjes y acólitos permanecerían allí hasta la mañana, inmovilizados por una terrible presión, conscientes de que a esa hora el monasterio era zona liberada. Nadie se movía, casi ni respiraban, tratando de oír en el silencio los pasos silenciosos del lobo que buscaba al cordero. Se relajaban con el entrechocar de las cuentas de los rosarios. Seguían a los Cristos del friso hasta perderlos de vista, en una perspectiva submarina, y bajaban los ojos a las baldosas negras, se hundían en sí mismos.

En la Edad Media no existía el concepto del «autor intelectual» de un crimen. Sólo la mano que mataba era culpable.

Quizás estaban en lo cierto, después de todo, pues nunca ha salido nada bueno de la complicación intelectual. Además, era coherente con la idea que se hacían de Dios y de su justicia. Para los monjes, el abad incluido, el Padre Eterno era una entidad a cuya adoración habían dedicado lo más claro de sus días y lo más oscuro de sus noches, a punto tal de tenerlo interiorizado. Pensaban en su nombre y se daban las mismas explicaciones y justificaciones que se daría Él si estuviera en lugar de ellos. En este caso en particular pensaban que los hechos simplemente se estaban anticipando a una decisión inescapable del Todopoderoso. A lo largo de la Historia, hasta donde alcanzaba la memoria del hombre, Dios no había hecho otra cosa que matar gente. Y no sólo gente: todo ser vivo, del más ingente al más insignificante, recibía esa misma recompensa. Tanto era así que la muerte ya no parecía una contingencia final sino el motivo original por el que se había montado toda la comedia de la vida. La intrincada mecánica de ésta había sido calculada tomando en cuenta la fragilidad de las víctimas. Después de todo, se decía el abad en las sombras, desplazar un deceso a la subjetividad del homicida era menos hipócrita que poner en marcha a la Naturaleza entera para darse una coartada objetiva. Lejos de él la intención de acusar de hipocresía al Señor, pero había que reconocer que la manipulación que hacía de lo inevitable merecía una leve reprobación.

Aun sabiendo que lo propio de los santos era morirse antes que los hombres, al santo de marras se habían acostumbrado a verlo también como hombre. Su desaparición dejaría un vacío, lo que no tenía nada de raro porque no era el primero de ellos que se moría; lo inquietante era que ese vacío estaría lleno, con una presencia post mórtem que sería el sostén económico de la ciudad, y al fin de cuentas, eso se parecía bastante a la generación de un fantasma. Confiaban en ahuyentarlo orando. La mañana traería un bienvenido alivio. Se iniciaba una nueva etapa de milagros, y no dudaban que se multiplicarían.

Habían puesto al Cobalto a cargo de la acción. Las potencias locales que se habían propuesto velar por la continuidad de la protección divina a la ciudad, y la de sus ingresos, habían ido a lo seguro. Una iniciativa radical no tenía sentido si no se ponían en marcha los recursos máximos para llevarla a su plena consumación. Eran cosas que no se podían hacer a medias. La ocasión ofrecía al pensamiento y a la acción una dialéctica bastante cruzada: se hacía el mal para obtener un bien (mataban a un anciano inofensivo para que la comunidad que lo amaba y veneraba pudiera retenerlo en su seno), pero a la vez ese mal había que hacerlo bien. En una tercera instancia, para que ese último «bien» fuera realmente bueno, su ejecutor debía ser un verdadero epítome del mal. Ahí el Cobalto calzaba a medida.

Fue por eso que se atrevieron a contratarlo, hecho del que no había antecedente alguno. Otros mercenarios, mano de obra desocupada de las Cruzadas, habían hecho faenas menores, o relativamente mayores como cuando eliminaron una colonia de leprosos en el Benjuit. La fama tenebrosa del Cobalto los había atemorizado, y sólo los extremos hicieron que recurrieran a él. Inestable, incapaz de soportarse a sí mismo, el crimen era una fuerza interna en él. Vivía en un prudente retiro, amparado en el anonimato; no había descripciones elocuentes de su aspecto porque nadie lo veía nunca, se comunicaba mediante un niño a su cargo. Sus mandantes no habían tratado con él, ni con su sombra. Por un lado esto era conveniente, ya que no quedarían huellas, y la culpa se desvanecería en la transición, pero por otro creaba una entidad fantasmal, concentrado de asesinato por no tener forma visible. Era una virtual abstracción. Había exigido el pago adelantado en oro, lo que atenuaba la irrealidad. Se decía que el niño que constituía su nexo con el mundo en realidad era un autómata, que usaba como lubricante la sangre de las víctimas del Cobalto. Esa clase de leyendas era característica de los seres nocturnos, en una era de la civilización en que lo nocturno estaba fuertemente influenciado por la oscuridad. Él obraba cuando todos dormían, lo que en una imperceptible torsión gramatical podía significar que su obra era el sueño.

Este personaje, armado de una simple daga, era el que había entrado en el edificio sumido en la desaparición. Como una fiera o un habitante de otro planeta, se desplazaba por los corredores interminables guiado por los cinco sentidos en concierto. Una sola célula suya habría bastado para magnetizar a una montaña. Se contoneaba, aumentando la velocidad. Tanto la aumentó que ya circulaba por segunda, por tercera vez, en los mismos lugares. Una vibración continua sacudía el aire oscuro. En los huertos del monasterio las colmenas despedían a su población sonámbula. Los gansos de los claustros, fantasmas asustados, presentían el peligro. Hasta las arañas se habían dado cita en sus hemisferios temblorosos. Las estancias austeras y ciegas abrían impotentes sus puertas de calendario. El rumor de los pasos del Cobalto, el filo de su daga, la intención vesánica del ser humano, se conjugaban en la escena. ¿Pero se trataba de una auténtica escena? Tenía más bien algo de pensamiento divergente, como si mil demonios o tentaciones satánicas hubieran empezado a volar en todas direcciones.

Si era una escena, lo era de un teatro ciego, de noche sin Luna. Los protagonistas del drama eran dos hombres, el santo y su asesino. Los partiquinos estaban en la capilla, la mayoría ya dormidos. Ni la Madre de Dios se había asomado, como podría haberlo hecho si realmente hubiera querido socorrer a su hijo en riesgo.

A la larga el Cobalto empezó a impacientarse. Ya había chocado varias veces con las paredes de piedra, sin consecuencias dada la baja densidad de su cuerpo, que lo hacía rebotar blandamente. Pero el laberinto se rendía al fin a su persistencia, y ya llegaba al centro, a la cámara final.

En ella el viejo santo padecía mientras tanto las alternativas de una pesadilla. Su mente había sufrido con los años una transformación para mal. A resultas de ella ya no tenía más sueños, sólo tenía pesadillas. Se preguntaba si sería parte del deterioro natural de las facultades con la vejez, pero la respuesta era dudosa. Pues todo indicaba que la pesadilla exigía para su redacción y puesta en escena facultades con más energía y más afiatado poder de invención, ya que debía lograr su propósito de angustiar o aterrorizar; mientras que el mero sueño, al contentarse con montar un espectáculo sin propósito alguno, podía provenir de una psiquis relajada y hasta reblandecida.

No estaba tan seguro de que sueño y pesadilla fueran especies distintas. Quizás lo que era sueño para uno era pesadilla para otro; lo que de cualquier modo habría sido difícil de comprobar, porque si había algo intransferible de persona a persona, era lo onírico. Sería posible en cambio hacer observaciones experimentales sobre uno mismo: el mismo sueño, exactamente el mismo, en una época de la vida podría ser definido como sueño, y hasta sueño placentero e inspirador, y en otra época funcionaría como pesadilla terrorífica a pleno.

Una convulsión de pánico lo arrancó de las sábanas como si fuera una mala hierba y la cama el almácigo de perfumadas florecillas y suculentas coles. Según la remanida frase hecha, «puso pies en polvorosa». En los hechos los puso en las pantuflas que le habían bordado las monjitas, y eso sólo porque fue un movimiento reflejo del hábito de levantarse a orinar por la noche. Así como estaba, en camisón, salió disparado, y la inercia de la pesadilla lo sacó del área de peligro con la misma eficacia que habría exhibido la fuerza de gravedad, que tomó la posta y lo lanzó, como desde la estratósfera, al negro mar.

III

La velocidad con la que se escabullía le provocaba asombro a él mismo. No se presumía tan ágil. El paso-a-paso de la liturgia y la veneración con la que lo rodeaban sus fieles le había hecho creer que sólo podía moverse como los lentos astros del cielo. Pero por lo visto un resto de energía seguía latiendo en sus viejas piernas; quizás la había acumulado en el tedio de las misas y las novenas y los éxtasis, que así revelaban en retrospectiva que no habían sido tan inútiles. Volaba como una flecha hacia los muros externos del edificio, sin elegir la dirección; la que había tomado en la ceguera de la noche y el apuro era la del acantilado, y cuando quiso acordarse estaba cayendo. Ahí sus sentidos periclitaron. Se había hundido en el fluido frío de las sirenas, donde reinaban los calamares.

Se despertó al día siguiente a bordo de una falúa griega que ostensiblemente transportaba cascajo de cabotaje. Era un polizonte involuntario, y como siguió medio atolondrado durante un lapso de cierta duración no pudo dar ni encontrar razones de su presencia allí. Eso lo salvó, porque si los griegos hubieran sabido que era parte integrante de las instituciones oficiales lo habrían tirado al agua. Lo tomaron más bien por uno de los tantos disidentes que escapaban de un régimen autoritario y de la imposición de una moralidad dogmática. Simpatizaban con esos tránsfugas, ya que ellos también habían tenido toda clase de problemas con los catalanes, que los discriminaban. El viejo santo no escapaba al prejuicio contra los griegos, y cuando supo que estaba en manos de una tripulación de esa nacionalidad, no obstante que le hubieran salvado la vida, se alarmó in pectore. Una difundida superstición quería que los griegos fueran mecánicos de habilidad diabólica, capaces de fabricar dispositivos que engañaban los sentidos y confundían lo real con lo irreal. A partir de ahí no había más que un paso para sospechar que no estaban donde se los veía, sino en otro lado, y sus repetidos éxitos en el comercio parecían demostrarlo. Ya que el azar había querido poner al santo en una forzada cercanía con estos supuestos prestidigitadores de sí mismos, tenía la ocasión de probar por experiencia palpable el absurdo de esas consejas. Pero lo práctico no estaba en sus hábitos, los catecismos cristianos no incluían la asignatura de ir a tocar con la mano. En eso como en tantas otras características personales, era fiel representante de su época de negaciones y fantasmagorías, en la que todos eran más griegos que los griegos que habían inventado.

Como sucede en toda superstición, ésta tenía una base en la realidad. Lejana y tenue, pero cierta: los griegos como etnia, e individualmente, eran hábiles en mecánicas que se adelantaban a la época. Aun en esta falúa de mala muerte había un aparato que habría hecho las delicias de un aficionado. Servía para desenredar las jarcias, un desatanudos mecánico de ingeniosísimo funcionamiento. Muy útil además, porque la cantidad de cuerdas que se necesitaban para izar y maniobrar las velas y las sinuosas oscilaciones a las que estaban sometidas las enredaban todo el tiempo. Pero se había descompuesto, y como nadie en el barco sabía arreglarlo (la capacidad mecánica no estaba repartida de modo uniforme entre los griegos) se les había creado un problema. Pues desatar a mano los nudos llevaba tiempo, y la tripulación ya tenía asignadas sus tareas hasta el último hombre. Poner a uno de ellos con las jarcias habría equivalido a obligarlo a sacrificar su tiempo libre, o una fracción importante de él, y ninguno quería hacerlo voluntariamente. Obligarlos no constituía la mejor solución, porque eran discutidores, huelguistas, y siempre estaba latente la insubordinación colectiva. De modo que la llegada del viejo santo le vino de perillas al capitán. «Caído del cielo», dijo empleando un cliché de las lenguas panhelénicas, a despecho de haberlo extraído de las profundidades.

No había terminado de secarse cuando lo pusieron a desatar nudos. La vida de mar, cuyo aislamiento hace ahorrar manos útiles con una avaricia tan funcional como necesaria, les hacía dar por sentado que un hombre era un hombre, fuera cual fuera su edad y su condición física. Los delicados deditos blancos del santo, que nunca habían hecho un trabajo más rudo que pasar las hojas de un breviario, no les parecieron obstáculo a una tarea que de todos modos había que hacer. Mucho menos los detuvo la ligera curvatura que había sufrido el nudillo superior del meñique de su mano derecha, producto de una artritis incipiente, apenas notable, que en vida le producía un dolorcito que le recordaba que estaba vivo, y de muerto habría servido para identificarlo aun cuando el cadáver hubiera quedado en el puro esqueleto. Por más que encaró concienzudamente el trabajo, no pudo decirse que lo hiciera muy bien. Los nudos que formaba el azar de los movimientos del oleaje y el viento le provocaban una perplejidad insondable. Esperaba a que se desanudaran solos, y si no lo hacían se los quedaba mirando. Ni se le ocurrió pedir el socorro divino. Se estaba olvidando de eso, como un perro se olvida del lugar donde enterró un hueso. Como no lo supervisaban, pudo eternizar despreocupadamente esta pasividad.

El olvido se volvió una rutina. La falúa se internaba en el azul Mediterráneo, rumbo a Corfú. Los días se repetían todos iguales, los únicos eventos que contenían dentro de sus largas horas eran los del cielo: los amaneceres que se prolongaban, el vuelo de las nubes, la aparición repentina de las estrellas, y la noche. Las ballenas, colosales, acompañaban al barco, indiferentes como islas. Los peces voladores daban un espectáculo al mediodía, sus alas transparentes brillando al sol, su velocidad incomparable. A media agua, los pulpos. Nubes de pajaritos plateados pasaban muy alto. La luz saturada caía sobre la superficie de las olas provocando fenómenos de nutrición y crecimiento, en fotosíntesis sumergidas. Vegetaciones frondosas se agitaban en las profundidades, como si estuvieran dentro de lupas. Verdaderos árboles subterráneos, con flores que también eran peces, a juzgar por el modo en que se comían a otros peces. El misterio del mar, sus secretos susurrados en vaivenes líquidos, su ocultamiento en lo que era un gran exterior, esperaba un desciframiento que tardaría.

La vida de a bordo era griega en el sentido de la organización. Cada hombre tenía su función, que consistía en pequeños sucesos. Ellos también eran pequeños, como la mayoría de sus contemporáneos de la cuenca mediterránea. Gastados por el aire salino y una dieta seca y baja en azúcares, parecían viejecitos mecánicos, con sus movimientos tiesos y espasmódicos por el endurecimiento de las articulaciones debido a la humedad en la que transcurrían sus vidas. Dormían siestas que duraban tardes enteras, y a la noche la navecilla derivaba en el sueño profundo de todos. El capitán, que parecía aburrido de serlo, se paseaba mirando las gaviotas y moviendo los labios como si hiciera cálculos mentales con ellas. Los cormoranes y los albatros se posaban en los mástiles. Lo invariable mismo tenía variaciones. Las tablas de la quilla crujían, en vano.

Siempre, a lo lejos, otro barco. La distancia era inevitable, como si los horizontes mantuvieran una tensión mutua. Los continentes, a su vez, aparecían y desaparecían.

El santo, después de dejar intactos todos los nudos puestos a su cargo, se perdía en ensoñaciones. Se preguntaba por qué no se hundía el barco. Estaba tan poco habituado a pensar que encontraba novedosa y entretenida la actividad mental. «Tengo que salir más», se decía. Debía de haber, suponía, razones físicas claras y contundentes para que una nave, aun siendo más pesada que el agua, no se fuera a pique. Pero cuáles eran esas razones, era otro cantar. Lo mismo los nudos de las jarcias, que había estado mirando un rato antes como un embrujado: su pensamiento le decía que había una serie de maniobras, quizás bastante simples y que seguramente en retrospectiva parecerían obvias, para desatarlos. Pero la naturaleza y orden de estas maniobras estaban fuera de su alcance. Como no estaba del todo desprovisto de inteligencia, a pesar del poco uso que había hecho de ésta en su larga vida, concluía que el pensamiento tenía dos fases, equivalentes a dos eras históricas. Una en la que veía sobre qué había que pensar, y otra en la que pensaba en eso y respondía a las preguntas suscitadas. A él le gustaba la primera, aun sabiendo que era un preliminar sin consecuencias; la segunda, que podía definirse como el pensamiento propiamente dicho, le parecía grosera, intrusiva en la realidad, prepotente. La poesía del pensamiento se detenía antes de los resultados, en la visión de sus misterios.

Las prevenciones del mundo antiguo contra el viaje por mar habían sobrevivido, a despecho de los progresos en el arte de la navegación. Habían contribuido al avance de la geografía, pues el consejo, por todos oído, de no ir por agua a donde se podía ir por tierra creó la necesidad de conocer el dibujo de las costas, y floreció la cartografía. Los viajeros trazaban línea de seguridad remplazando la recta por enroscados circuitos; de todos modos la seguridad quedaba entre paréntesis, porque los mapas medievales eran bastante dudosos, más adivinatorios que realistas. Compensaban su deficiencia con imágenes encantadoras, colores y volutas; más que un mapa parecían el tablero de un juego de mesa, y en correspondencia con ese aspecto la suerte de los viajeros quedaba a merced de una tirada de dados.

El santo, sentado donde lo habían puesto frente a un montón de nudos, no se atrevía a pasearse por cubierta como habría querido, para que la brisa le secara la ropa, que seguía mojada por el chapuzón. Seguía con la vista las idas y venidas del capitán, preguntándose en qué estaría pensando. Parecía preocupado, y si realmente lo estaba tenía motivos, porque se avecinaba una tormenta.

Las nubes empezaron a crecer desde el horizonte al caer la tarde, y estallaron en la noche que habían anticipado. Se encendieron bolas de electricidad y se entrechocaron a media altura con explosiones que eran como si se rompieran a la vez todos los vidrios del mundo. Una sombra verdosa descendió en la tiniebla. Gritó el aire, asfixiado, pidiendo más aire. La lluvia se desplomó sobre el mar, y parecía llover dentro de la lluvia, tan densa era. Los relámpagos producían una ceguera terriblemente visible. La superficie se solivió. Montañas negras de líquido saltaban rugiendo del piélago. Los vientos, que llegaban todos como invitados a una cena, y ninguno se iba, giraban sobre sí mismos, aullaban con furia desde el fondo de sus gargantas de presión. Los peces, los que no habían escapado a lo profundo, eran eyectados y los arrastraba el aire como espectros grises, a estrellarse contra olas verticales. Parecían derrumbes, demoliciones fluidas, pantallas de gravedad que se devoraban unas a otras. Imperios en rotación frenética que se dividían el mobiliario del desastre. La oscuridad se hizo impenetrable desde que se retiraron los relámpagos. Descartada la visión, sólo quedaba el ruido, las gárgaras titánicas. La falúa bailaba chillando. Hasta la última clavija se estaba despidiendo de la vida. Si no se desarmó fue gracias a la solidez invencible de los nudos de las jarcias. Los marineros recibían mazazos de espuma, y la larga práctica de mantenerse en pie sobre un piso móvil ya no les servía de nada. Las órdenes de supervivencia chocaban con las del sismo generalizado. Si hubieran podido escapar lo habrían hecho, ¿pero adónde? Justamente, la orden inapelable de una tempestad de este calibre consistía en confundir todos los lugares. Se escabullían al interior de un barco al que las circunstancias estaban despojando de interior.

Testigo paralizado como un monolito en medio del desencadenamiento de excesos naturales, el viejo santo lo sintió menos como el fin del mundo que como el comienzo del viaje. En efecto, hasta entonces no había hecho más que cambiar un sedentarismo por otro, el inmóvil de la vida monacal por el móvil del barco. La tormenta estaba abriendo las puertas del mundo; no empleaba más violencia que la necesaria.

Esos portales viejos enmohecidos necesitaban un empujón notable. Los torbellinos en la oscuridad se dibujaban con finas líneas de puntos (las gotas) y se llevaban hacia sus hélices de vacío inhalante todo lo que andaba suelto. Los marineros se habían atado a las robustas mesanas y los gruesos obenques, el único que seguía paseándose por la cubierta como si tal cosa era el capitán, y se lo llevó el viento. El santo, que no lo había perdido de vista desde que pusiera los ojos en él esa tarde, lo vio remontar como un barrilete, lo único que brillaba, como puntos de luz negra, eran los zapatitos de charol, seguramente heredados de una hija muerta, recuerdo cariñoso en el que habían entrado con esfuerzo sus callosos pies de navegante. Giraba y giraba en el aire, allá se iba, ¿adónde? ¿Adónde se llevaba sus pensamientos y sus zapatitos de charol? Iba por la ruta por la que iban todos, salvo que él había elegido hacerlo por el fragor de una formidable colisión de elementos. El vuelo lo impresionó. Respondía a su pregunta por lo que estaría pensando el capitán mientras se paseaba abstraído por la cubierta. Cuando la oscuridad terminó de tragarlo, y las montañas de agua embravecidas izaron la falúa a los pináculos del vértigo…

IV

… de las revueltas compuertas de tiniebla hidráulica salió una galera turca cargada de piratas dispuestos a todo. El abordaje no se hizo esperar, y se realizó con la mayor comodidad. La tormenta seguía su curso, aumentando siempre su violencia, pero la maniobra de los turcos tenía lugar en otro nivel de la realidad, el aludido cuando la gente decía «Las desgracias nunca vienen solas». La manipulación de esos niveles, que los griegos efectuaban en el comercio y los turcos en la piratería, al santo le hizo pensar en un teatro, en los autos sacramentales que se ponían en escena frente a la catedral. También en las dimensiones se manifestaba la disparidad de realidades, porque la galera turca era cientos de veces más grande que la falúa, tanto que se habría dicho que no podía percibirla, como el ojo humano no percibía ciertos animalitos que se alojaban en las motas de polvo. Y sin embargo venían por ellos. Quizás todo tenía que ver con el suceso mismo, con lo que pasaba, y cuando hubiera pasado parecería más normal. El miedo, como un recuerdo, ampliaba los rostros salvajes hasta darles dimensiones de telones que tocaban los marcos. En los marcos, el oro de la tempestad se derramaba en forma de cubos. Los distintos estratos se penetraban, y no se hizo esperar la matanza. Se lo diría una combinación de pesadilla y mala suerte. En la oscuridad, como si lo hicieran al tacto, bailoteando en acrobacias tan oscuras como sus intenciones, los turcos se hicieron dueños de la situación. Haciendo caso omiso de las oscilaciones locas de los planos, degollaron a los pocos griegos que intentaron defenderse y trasladaron a los demás a la galera para venderlos como esclavos en los mercados del Levante. Después de un examen somero de la carga, y despreciar el cascajo, pues para lastre tenían a los cautivos, hundieron la falúa y desplegaron velas para llegar a puerto antes de que su mercadería humana se descompusiera.

A la mañana siguiente el viejo santo se despertó esclavo. Como podía (y no podía mucho, porque la sucesión abrupta de acontecimientos lo tenía medio tarambana) recomponía las dimensiones. La galera que la noche anterior le había parecido gigante como una montaña, desde que estaba dentro de ella volvía a ser un barco grande nada más. Pero muy grande, seguramente con capacidad para miles de hombres. Y aun así, con toda su enormidad quedaría chica dado que los hombres que debía alojar eran esclavos. Se daba un círculo de grandes cantidades: si eran esclavos, debían ser muchos, y si eran muchos tenían que ser esclavos.

Estaba en una húmeda bodega oscura de arcos de madera roja, en un completo hacinamiento. Ayes, gemidos e imprecaciones surgían de los montones hirvientes de cuerpos. También se oían palabras sueltas provenientes de la desesperación. Uno de sus vecinos hablaba, y no tuvo más remedio que oírlo. Se quejaba de su suerte, pero también decía que se lo había buscado. Con eso pretendía darle un viso de razón a las vueltas locas del destino. En su discurso se mezclaban el arrepentimiento y la jactancia, con predominio final de esta última. El contrabando de valiosas masas de fósforo no había sido para él más que el medio de ganar el oro con el que pagar sus vicios. No había ahorrado. Tampoco había puesto el alma en el contrabando; la había puesto en el maltrato sistemático de las mujeres. Decía haber tenido muchas y haberse portado mal con todas ellas. A la que no había abandonado después de embarazarla la había molido a golpes, y a la que no había hecho objeto de agresiones físicas la había torturado con la palabra. Se había cebado en la clase de mujeres que carecían de las defensas familiares o mentales con las que pudieran resistirle. Había rastrillado prolijamente las zonas de posguerra, donde viudas y huérfanas estaban regaladas, y dejaba el tendal de víctimas. Había hecho el mal, de eso no había dudas, ni él mismo las tenía. ¿Pero era realmente condenable? Porque a él le habían hecho algo peor que maltratarlo o abandonarlo: lo habían vuelto un esclavo, ni siquiera dueño de su propia persona, es decir que lo habían puesto más allá de los maltratos y abandonos. Y si bien esto había sucedido en otra etapa de su vida, el balance no hacía cuestión de etapas.

Pero al santo, incómodamente próximo a este pecador, lo que le molestaba de él no era su exhibición de maldades pasadas sino el hecho de que hablara con un mondadientes asomando entre los labios. Que ni siquiera era un mondadientes recto y limpio sino un palito mugriento, masticado y húmedo (pero si fuera un buen mondadientes le habría molestado lo mismo, si no más). Lo encontraba el colmo de la vulgaridad. Quizás entre los esclavos no era así; las distintas culturas tenían distintos códigos de conducta, y lo que era vulgar en una podía ser aceptable y hasta distinguido en otra. Aun haciendo esta salvedad, no podía evitar la irritación, y dentro de la irritación, potenciándola, se imaginaba lo que sería verse trasladado a un pueblo lejano donde todos los hábitos y modales le resultaran a él así de desagradables, y no tuviera más remedio que convivir con ellos. La idea era tanto más alarmante en el predicamento en que se hallaba, en manos de extranjeros que lo estaban llevando quién sabía hacia qué otros esclavos.

Por suerte, esto tampoco duró. No alcanzó a durar ni un día cuando ya se produjo un giro que redireccionaba los acontecimientos imponiéndoles distintas condiciones y premisas. Era como en esas historias legendarias del cristianismo primitivo, en las que los hechos se sucedían a toda velocidad, tanta como se tardaba en contarlos. No se debía tanto a que las cosas pasaran real y objetivamente tan rápido, sino a que las técnicas narrativas todavía no habían sido desarrolladas de modo de darle a la historia un ritmo más pausado, a fuerza de descripciones, detalles circunstanciales, y sobre todo de causalidades psicológicas. Esto último fue lo que más extensiones les aportó a las historias: darle un motivo convincente a cada cosa que pasara en ellas, no sólo en la intención de los personajes sino también en la mecánica de los objetos y los hechos mismos. La evolución no fue sólo formal, no respondió sólo a fines estéticos o literarios sino que seguía a los hechos tal como pasaban; las historias sucedían del mismo modo en que se las contaba, en los múltiples pasados. Al ir acercándose al presente todo se amontonaba, como un fuelle cerrándose, y los hechos corrían hacia una simultaneidad de imagen. La lentísima acumulación psíquica que podía hacer que un continente entero se entregara a una religión se resolvía en el espasmo instantáneo del milagro.

No hubo milagro alguno en la situación de los cautivos. Apenas un cambio. Al día siguiente, y cuando ya empezaban a pensar que los dejarían allí olvidados al azar de la muerte y la supervivencia hasta llegar a destino, los turcos vinieron a ocuparse de ellos. No podía sorprender que lo hicieran, ya que constituían una mercancía de cierto valor. Pero no los alimentaron; no se embarcaban con provisiones extra para invitados, ni siquiera obligados, y además el cálculo de porciones y el reparto habrían sido engorrosos, y los piratas tenían cosas mejores que hacer. Les dieron opio, que era más barato, fácil de transportarse (bastaban unos pocos gramos por cabeza), satisfacía todas las necesidades fisiológicas y los mantenía calmos como cosas. Los cautivos hicieron el viaje en un estupor profundo. Las dosis que empleaban los turcos eran generosas, y la sustancia era de primera calidad. Ni los piratas ni sus víctimas lo sabían, pero el opio era un formidable antidepresivo. No había melancolía ni preocupación, mucho menos desesperación o angustia, que se le resistiera. No anulaba la conciencia, como podía hacerlo el alcohol: no producía olvido ni el dichoso embrutecimiento desde el cual nada importaba. Por el contrario, el hombre se sutilizaba en un optimismo celestial para el que lo único que no importaba eran los motivos. Los esclavos compusieron unas sonrisas bobas en las caras, que imaginaron definitivas. Ya tendrían tiempo y ocasión de remplazarlas por muecas de sufrimiento, una vez que hubieran sido vendidos a magnates sin alma y tuvieran que hacer de bestias de carga y labranza hasta reventar.

El opio no anulaba la conciencia, pero tampoco la dejaba indemne. Producía transformaciones, que tenían como materia prima con la que trabajar todo cuanto se encontraba en la memoria, por sepultado que estuviera. Al prenderse la droga a los elementos psíquicos individuales, cada uno se retiraba a su mundo propio. Se abrían abismos entre ellos, el hacinamiento dejaba de ser un problema, como dejaba de serlo todo lo que perteneciera al reino de lo real. Una ganancia marginal para los captores era que prevenía contra cualquier posible acción colectiva de resistencia o revuelta. Los cautivos se retiraban, de a uno, a una perfecta soledad aunque sus cuerpos siguieran apilados como arenques en una red, y se encerraban en el paisaje espectral que se construía dentro de sus cabezas, en los fosos y almenas de sus moradas interiores. Las formas y colores de estas visiones provenían de la experiencia personal y de sus sedimentaciones en la memoria. Como habían hecho vida de mar, veían, creyendo recordarlos, episodios poblados de grandes peces, cangrejos y ostiones, sobre escalas azules, y barcos, travesías, puertos, en variaciones innumerables. Esas construcciones eran también destrucciones, porque las recorría un ácido artístico sumamente nihilista.

Pero no todos eran marineros. Los piratas ignoraban que entre su cargamento humano llevaban a un santo cuya vida y muerte se disputaban dos naciones, verdadera mina de oro de la credulidad tardomedieval. El santo por su parte había puesto entre paréntesis su vida y su muerte. La alteración de la conciencia era un fenómeno nuevo para él. En tanto santo, nunca se había visto sometido a la experiencia de la subjetividad. Había sido santo para los demás, toda su existencia había fluido de afuera hacia adentro, vehículo de las decisiones de una Providencia inescrutable. Su mente, que había conservado la plasticidad de lo primigenio, recibió al opio alborozada, y se dio ella también a la tarea de construir un mundo propio. Lo hizo con lo que tenía disponible, el archivo autobiográfico de liturgias y sermones. En sus visiones desfilaban arcángeles y querubines y animalitos luminosos, intercalados con huecos profundos. Aludían a los diez mil milagros del reloj celeste. Un dorado refractante cuadriculaba lo que sucedía en esos escenarios virtuales, las teselas se disgregaban en espirales de hechizante lentitud y se volvían a reconfigurar, automáticamente, en altares planos. Veía a la Sibila pasar apurada con un plato blanco en la mano, en el plato ocas de sueño. Templos semovientes y enlozados inmensos, lenguas de aire negro, murciélagos amarillos. Los altares se volvían tronos de reyezuelos fugaces multicolores, con lunas y estrellas en la cabeza. Una gran Virgen coronada se erguía dentro de una corona de astros. En lo vano e irreal seguían siendo válidas las leyes de la realidad, aunque en estado de disolución. Todo eso empezó a desaparecer, como un viejo sueño.

V

En veinticuatro horas el Mediterráneo había borrado hasta el último rastro de la tormenta. El oleaje se había reabsorbido en una ondulación tranquila, la actividad eléctrica dormía comprimida en unos pocos átomos. Las espumas se trenzaban y destrenzaban al paso de la quilla, las fosas marinas plegaron sus explosiones y las guardaron hasta la próxima ocasión. Los turcos, nouveaux riches del mar, procedían con holgazanerías de tiempo y espacio rumbo al primer puerto libre africano donde vender a los cautivos. No acumulaban. No bien hacían una captura se apuraban a desprenderse de las presas, vaciar las bodegas y volver a la carga. No eran coleccionistas de hombres. Las características de los que caían en sus manos les eran indiferentes. Eran sólo unidades, una demografía accidental que cosechaban del piélago generoso. El producto se lo gastaban en las sedas y terciopelos con los que se hacían confeccionar la ropa, así como en los fantasiosos sombreros, las hebillas de plata y las pedrerías de los anillos. Los turcos eran los más elegantes, además de los más sanguinarios; le habían dado mala fama a la elegancia. La galera brillaba como moneda nueva. Entre asalto y asalto, cuidaban cada detalle. Hasta el esparto lo embebían en aceite aromático. A estos payasescos figurines les salía el salvaje cuando abordaban una de las naves inocentes que se arriesgaban a surcar las ondas del peligro. Entonces no vacilaban en decapitar. Generación tras generación, la ropa de colores había ido incubando en ellos la crueldad.

Los vientos cantaban una canción de la libertad, que sonaba sarcástica. Favorecidos por ellos, no tardaron en avistar tierra. Habían puesto proa a una caleta escondida entre roquedales de difícil acceso, donde los contrabandistas de brazos laborales manejaban una franquicia secreta. Se trataba de intermediarios, que compraban al por mayor y se internaban en el continente a vender al mejor precio. Un negocio lucrativo para ellos, y también para los piratas. Éstos recibían un pago menor del que habrían obtenido en un mercado de subastas, que también los había en la costa, pero vendiendo al bulto se ahorraban el lento proceso de la selección individual, que solía ser caprichosa, y los regateos extenuantes. Les pagaban en oro cartaginés, del que los pueblos costeros tenían una provisión inagotable pero empleaban con parsimonia para que no se devaluara. Se volvían avaros del exceso. Lo inagotable tenía el problema de ser abundante, y lo que abundaba tendía a perder precio. La herencia de una Antigüedad dispendiosa debía ser administrada con cuentagotas, ahorrando tiempo para producir otra Antigüedad.

Los operadores eran de razas varias: árabes de la media luna, tunecinos renegados, y altivos etíopes de buena llegada en las cortes provinciales del desierto. No pusieron objeciones al lote, ni siquiera a la inclusión en él de un anciano bastante macilento, que era nuestro santo fugitivo. La experiencia les había enseñado que no había ninguna especie de hombre que no pudiera venderse. Podía variar el precio, pero siempre había ganancia. Se actualizaba el viejo dicho «Todo hombre tiene su precio». Y no sólo tenía precio sino que además proporcionaba un excedente de ganancia que les daba a sus vendedores los medios con los que crear una civilización. De más está decir que no aprovechaban la oportunidad; ésta quedaba latente. Los que podrían haber sido sultanes o emires si no se hubieran dedicado al comercio empleaban el tiempo libre en siestas y conversaciones triviales. El comercio en las eras precapitalistas era como una gran escalera por la que se subía y se bajaba al mismo tiempo. Lo daba todo a la vez que lo quitaba.

Ricas vetas de capitalismo retrospectivo corrían por debajo. Despiadados hombres de piedra practicaban los intercambios primitivos, sin dejar escapar ocasión alguna. Justificaban el ejercicio del infame comercio de hombres diciendo que ser vendido como esclavo constituía un seguro de vida. Desde el momento en que alguien pagaba por un bien, se ocupaba de preservarlo. Si era gratis, le daba lo mismo que viviera o muriera. Tampoco tenían que dar excusas: después de todo, ellos no tenían esclavos: eran intermediarios. No reducían al cautiverio a nadie, como lo hacían los piratas, ni explotaban el trabajo esclavo como lo hacían los que les compraban esos hombres. Además, sabían que la institución de la esclavitud no duraría. Las premisas de la evolución económica no tardarían en volverla anacrónica, por ineficiente. Pasaría a la historia, se volvería una historia, y los buenos historiadores los exculparían. El futuro se volvería hacia ellos, a abrazarlos como sus hijos predilectos.

A la sombra de las palmeras que se inclinaban sobre el mar, el campamento se demoró después de la partida de la galera turca, esperando el cargamento siguiente, anunciado a las cinco. El clima acentuaba la molicie, y una suerte de realidad empezaba a revelarse a los esclavos, a medida que se iba desvaneciendo el efecto del opio. Ese proceso era lento y tenía sus propios efectos. Le daba color y relieve a una escena ya de por sí pintoresca. Loritos, monas y mariposas hacían rondas por lo alto, serpientes tornasoladas por lo bajo, persiguiendo ranas. Era como salir de una alucinación para entrar en otra.

A la mañana siguiente emprendieron la marcha. El pelotón de cautivos caminaba a la zaga de los camellos y los elefantes y los caballos blancos que montaban los abisinios. Habría sido más piadoso viajar de noche, para evitar las altas temperaturas diurnas, pero de noche los animales dormían y no había forma de ponerlos en movimiento. Con todo, no fue tan grave porque hubo unas brisas frías provenientes de las montañas, y lluvias refrescantes al atardecer. Los jinetes y cornacs mataban el tedio con juguetes de madera que emitían un ruido seco, un toc-toc repetido y multiplicado, la banda sonora del viaje, a la larga exasperante, tanto que los resoplidos de los camellos, cuando se dignaban intercalarlos, proporcionaban un alivio.

Les habían dado café para desayunar. El único motivo para hacerlo era que no disponían de nada más barato con que alimentarlos, o al menos mantenerlos en pie hasta venderlos. Se repetía lo que había sucedido en la galera turca con el opio. Podía parecer una mezquindad, y quizás lo era al nivel de las intenciones de esos seres bastos, pero objetivamente era lo mejor que se podía hacer. Pues lo más barato lo era por ser lo más abundante en un lugar; y para ser abundante tenía que ser lo que se daba naturalmente en ese medio, es decir el producto que se correspondía con las condiciones ambientes, en definitiva lo mejor que podían consumir los que habitaban, así fuera de modo transitorio, ese lugar.

Con lo cual se confirmaba una vez más la propiedad de la mano invisible de la lógica objetiva. Había que dejar actuar a la realidad, ella se ocupaba de que todo se acomodara. Las situaciones, fueran cuales fueran, por ejemplo una caravana de vendedores de hombres cruzando los valles libios, estaban hechas de pequeños fragmentos espaciotemporales que debían ordenarse cada uno en su lugar, sin errores. Si alguien intentaba hacerlo, seguro que se equivocaba: había que dejar que se hiciera solo. Entonces sí, se armaba del modo más perfecto y provocaba una admiración sin límites.

El café produjo en los cautivos una agudización casi excesiva del aparato perceptual. Veían todo más nítido, oían hasta los pasos de las hormigas, las caricias del aire las sentían como arañazos, y todo por el estilo. Esa negra infusión era nueva para ellos. Sus organismos vírgenes reaccionaron al extremo. Los organismos animales siempre eran vírgenes a alguna sustancia nueva, y estrenaban sensaciones. Los paisajes empezaron a dibujarse en sus cerebros con pelos y señales. Los días de las ventas se sucedieron sin más variación que las cacerías de órix, y las fiestas improvisadas con los campesinos. Los impíos se conducían en línea recta. La profusión de oasis disminuía considerablemente la superficie del desierto. Vadeaban vegadas con marsopas blancas, donde se insinuaban los brazos de un mar itinerante. El continente se abría como un cofre de doble fondo, y la gran Luna africana presidía.

VI

La masa de hombres-mercancía se fue desagregando en la marcha. En poblados, granjas, destacamentos, siempre había algún interesado en adquirir brazos para distintas labores. Era como si siempre hubiera una vacante, algo para hacer que dibujara en hueco la figura de un hombre que lo hiciera. Pero la adecuación del hombre al hueco era problemática. Había demasiadas variables. Un granjero compraba un esclavo para que le cultivara las eras, y lo elegía por su físico robusto, por sus manazas rugosas, y hasta por su corta estatura, que ponía a su cabeza cerca de la tierra, de sus olores y temperatura, de sus signos visibles de fertilidad. Pero ese hombre había sido marinero toda su vida, y provenía de un linaje de mar que lo había adaptado: su estatura era la más apta para mantener el equilibrio en las cubiertas oscilantes de las naves de la época. Y lo curtido de las manos le venía de la manipulación del cordaje de a bordo. Ese hombre había pasado las nueve décimas partes de su vida sin pisar tierra, elemento que veía con suprema extrañeza. Si bien no había que subestimar la capacidad de aprendizaje latente en casi todo ser humano, algunos podían tardar años en distinguir un rábano de una piedra.

Menos intratable que la tierra en ese sentido era el reino animal. En las sociedades pastoriles que atravesaba la caravana se necesitaban sobre todo hombres para el cuidado de las bestias. Y la mano de obra esclava era particularmente apta para este trabajo, que exigía una entrega sin límites a los requerimientos del animal: sus horarios, su alimentación, su movilidad. A diferencia de un cultivo vegetal, los animales podían cuidarse a sí mismos, pero por eso cuando se los domesticaba y explotaba había que ponerlos a cargo de un humano que replicara en su persona todos los modos de la autonomía. El inconveniente estaba en que los esclavos que adquirían los criadores provenían de otros ámbitos, lejanos y a veces inimaginables. Esas razas orgullosas jamás habrían aceptado esclavos de su propia nación. Los extranjeros importados a la fuerza no se limitaban a desconocer los animales puestos a su cargo: los encontraban tan monstruosos como salidos de una pesadilla. En aquella época en que la información a duras penas se transmitía de un continente a otros, en el curso del viaje se deformaba (otros dirían que se enriquecía) hasta adquirir rasgos quiméricos. Si era un hombre el que se trasladaba, el proceso se invertía y los monstruos se materializaban. Jirafas, hipopótamos y gorilas, con viseras fatales, correteaban en libertad.

Cuando la venta se realizaba en una de las capitales de los reinos concurrentes, la actividad más probable a que se los destinara era la construcción. Esos Estados nacientes debían levantar las sedes monumentales de su soberanía, y lo hacían con el método de prueba-y-error. Edificios torcidos, líneas curvas y volúmenes encimados: nada se correspondía con lo conocido. Los esclavos noveles no tardarían en darse cuenta de que los capataces estaban improvisando. Los que habían conocido ciudades de verdad veían alzarse frente a ellos el fantasma previo, las Constantinoplas donde ir a comprar cristalería para después volver a sus casas de campo.

Más que en otras tareas, en la construcción se presentaba como problema la necesidad de terminarla. La incomodidad de los pesados materiales con que se trabajaba volvía lento el proceso. Y en el transcurso había innumerables momentos de desaliento. Que no era el desaliento común y corriente de toda actividad que se prolonga sino uno mucho más persuasivo, casi invencible. Y cuando ganaba la partida y la construcción se abandonaba en ese punto, descubrían que de algún modo estaba terminada. La interrupción le había dado una estética no buscada, casual, que quizás era lo que los pedantes llamaban estilo.

También los compraban para oficiar de peluqueros. O para el servicio doméstico. Cometían torpezas por las que recibían cumplidas reprimendas. Los ayudantes de cocina que en su vida libre habían sido leñadores debían reconvertir sus habilidades, tanto o más que un cocinero al que pusieran a pulir piedras sillares. Era una historia de nunca acabar, una lotería de ocupaciones e historias. La esclavitud se volvía paradójicamente una plataforma de libertades siempre distintas. Era como esa escena tan repetida en la que alguien va a pedirle o preguntarle algo a otro, y éste está ocupado en alguna actividad y con un gesto le indica al recién llegado que espere un momento, y cuando termina con lo que estaba haciendo se vuelve y dice: Soy todo tuyo. Exactamente así, incluida la cortesía informal implícita en la disponibilidad para colaborar con el prójimo.

Los únicos extranjeros que visitaban esas tierras eran los que traían los piratas turcos. Iban para quedarse, como valiosas propiedades de los nativos. Éstos gozaban de una ilimitada libertad, en parte debido a la falta de relaciones exteriores, pero también gracias a una disposición mental que se traducía en una peculiaridad lingüística. Tenían un solo verbo para los significados que en las lenguas europeas se repartían en dos: querer y poder. De modo que cuando decían «Yo hago lo que quiero» eran perfectamente sinceros. La realización de los deseos se expresaba dentro del sistema general de la posibilidad, con lo que se hacía universal. Esto causaba un malentendido de base en su relación con los esclavos que trabajaban para ellos.

No era culpa de nadie. Una sociedad esclavista era difícil de entender, y la dificultad, que era la misma que se oponía a la adaptación del hombre a su trabajo, era la clave para entenderla. Cada hombre se completaba con su esclavo, del mismo modo que el querer se completaba con el poder. Uno venía de lejos, el otro era residente. Se superaba de ese modo la unidad implacable de la Naturaleza.

Visto desde el lado de los que podían considerarse víctimas, era una experiencia más, que culminaba la serie de experiencias en las que consistía la vida. La experiencia de ser esclavo tenía la plasticidad para serlo todo, y le tocaba a hombres que en general no habían sido nada. Y aun cuando en su etapa europea hubieran sido algo, la condición metafórica de la esclavitud afantasmaba sus existencias: esclavos de sus pasiones, esclavos del hogar, del trabajo... Casi podían considerarse privilegiados de haber sido hechos esclavos de verdad, literales (sólo una concatenación de hechos tan puntuales como infrecuentes lo había hecho posible), pues eso les sucedía en el cuerpo mismo, ya no en el pensamiento, y el pasaje aseguraba una consumación de lo humano como nunca habrían sospechado que pudiera sucederles.

VII

Al viejo santo lo compró un importante guerrero abisinio llamado Abdul Malik. Nunca supo cuánto pagaron por él; habría preferido no creer que había ido como un extra gratuito en el montón (aunque era lo más probable); ahí compraron a todos los hombres que quedaban. Como un objeto, fue conducido junto a los demás a las puertas de la casa de su nuevo amo. Podría haber pasado eso u otra cosa. No sabía bien qué estaba pasando; las percepciones resbalaban en él sin dejar huella. Su cerebro se hallaba en un estado de superficie no absorbente, y no solo su cerebro sino todo el interior de su cuerpo, petrificado, inmóvil.

El deshielo empezaría después, muy poco a poco, como una educación enciclopédica. Era toda una civilización exótica la que tenía que absorber. Eso sucedería en fragmentos discontinuos, y tomando cada rasgo de ese mundo para ponerlo en transparencia sobre su equivalente en el mundo en el que él había vivido, y extraer de ahí el sentido. Pero este sentido era el que correspondía a una tercera civilización, inexistente, o existente sólo en su mente. Las piezas eran miniaturas coloridas de tres pisos. Si veía a una hurí, para poder asimilarla debía superponer su concepto al de una Virgen en el altar, y el resultado del calco era una tercera dama, entre el alabastro y la lubricidad. Si tropezaba con el cabestro decorado de un camello, lo interpretaba a partir de la estola de la liturgia del Viernes Santo, y el objeto compuesto por la mezcla no se parecía a ninguno de sus dos componentes. Esto que tenía algo de un juego de creaciones fantásticas no era diferente del mecanismo habitual de las impresiones que recibía todo el mundo, salvo que éstas por tener lugar en el África eran más vistosas.

Se preguntó si acaso había llegado al final de su viaje. Si debería vivir y morir allí donde había llegado. Era inquietante. El hombre que lo recibió, y que a él le pareció un jerarca, y hasta el mismísimo dueño de casa, cuando en realidad era un seide, lo condujo a la que sería su habitación. Ahí lo dejó, sin más explicaciones, sumido en sus pensamientos. Porque volvía a pensar, actividad que había tenido casi completamente anulada por efecto de los acontecimientos y las sustancias: el escape de medianoche, la navegación intempestiva, la tormenta, y las sucesivas sub- y sobreexcitación del opio y el café. El cuarto estaba amueblado con austeridad. Dos camitas en ángulo, una mesa, una silla, una alfombra, y un granado ornamental en una maceta de cerámica en un rincón. La pequeña ventana cuadrada, sin cortinas, tenía postigos de delgadas láminas de cobre que temblaban en la brisa. Se sentó en una de las camas, preguntándose si sería la que le correspondía, o ya la habría elegido su compañero de cuarto, si es que lo tenía. Las sábanas de una y otra estaban igualmente inmaculadas, así que supuso que no tenía importancia. (No la tenía, en efecto, porque el cuarto era para él solo; la segunda cama estaba pensada para un invitado.) Se acostó y se durmió; una parte de su mente dormida se esforzaba por abrir la válvula de los sueños, la otra, más prudente, los reprimía, para no sobrecargar con vicisitudes irreales e inútiles una experiencia ya de por sí profusa. El resultado fueron sueños vistos de lejos, dentro de una bolita cristalina que brillaba en el fondo de su oscuridad personal.

Se despertó a la noche, cuando lo vinieron a llamar para la cena. Creyó que a la mañana siguiente le asignarían alguna tarea, pero no fue así. Lo que veía de la organización doméstica era caótico. Acostumbrado como estaba a la regla horaria y la cuadriculación espacial del monasterio, este ir y venir de desconocidos de ambos sexos entre patios, salones y los interminables pasillos circulares se le hacía inexplicable. Cansado, se refugiaba en su cuartito, del que no siempre le resultaba fácil encontrar el camino, y dormía la siesta. Pero la situación distaba de resultarle satisfactoria. A su modo, él siempre había sido útil y cumplido una función. En la Edad Media (pues a pesar de su obligado desplazamiento geográfico, seguía en ella) la gente no se jubilaba ni contaba con gozar de un «merecido descanso»: seguían haciendo lo suyo hasta que reventaban, y lo encontraban natural. La misma preparación para el bien morir él la había encarado como un trabajo, y un trabajo que merecía hacerse del mejor modo, para beneficio propio y también de la comunidad.

Lo peor era que todos parecían ocupadísimos, el movimiento no cesaba en todo el día y buena parte de la noche. Su desocupación lo excluía hasta de las exclusiones. Se estaba estableciendo lo que más temía: una normalidad anormal. Para colmo, las instalaciones a las que tenía acceso eran tan vastas y complicadas, el movimiento de hombres con turbante y mujeres dicharacheras era tan veloz y cambiante, tan variados los utensilios, mobiliario y vajilla, que no acertaba a imaginar siquiera qué tarea podía autoasignarse. No puede extrañar que se sintiera marginado y frustrado. De ahí a la indignación no había más que un paso. «¿Para qué me compraron?», se decía, y se lo habría echado en cara a los valets de haberse atrevido. La irracionalidad de una transacción social ya era motivo de irritación: mucho peor si la pieza irracional del engranaje era uno mismo.

«¿Para qué me compraron? ¿Para qué me compraron?» Cabizbajo, iba a su cuartito, esquivando a los cantantes y las ánforas, y se acostaba. Corría el peligro de que se instalara una depresión. No bastaban para levantarle el ánimo los claveles miniatura, rosa y blanco, que le ponían en un jarrón sobre la mesa. Al contrario, lo sentía como un sarcasmo, como una tomadura de pelo.

Su preocupación había sido prematura, porque ya al día siguiente lo pusieron a las órdenes del jefe de camareros, que operaba desde la cocina. Primero por intuición, después por observación directa, el santo supo que había más de una cocina, sirviendo a los distintos sectores de una casa inmensa. No se había planificado bien la distribución: algunas estaban pegadas entre sí, separadas apenas por un pasillo, otras se alejaban demasiado. Y como la disposición de todas ellas era idéntica, sólo los veteranos evitaban equivocarse. Al santo lo mandaban de acá para allá, y sus perplejidades causaban risa. Bastaron unos pocos minutos para que se arrepintiera amargamente de haber querido que lo pusieran a trabajar. «¿Será que nada me viene bien?», se preguntaba. Si se olvidaban de él se sentía abandonado y perimido como un trasto viejo; si se ocupaban de él, rogaba en su fuero interno que lo dejaran en paz. Aun reconociendo este defecto de conducta, no se culpaba demasiado porque lo atribuía a su nueva condición de esclavo. Por definición, un esclavo nunca estaba contento.

Tampoco esto duró. Bastó verlo en acción para que se despertara una profunda desconfianza. Justificada, porque daba miedo verlo apilar y transportar objetos quebradizos, de los que había muchos y eran irremplazables. Aunque el establecimiento pertenecía a un militar de raza, y las antiguas guerras estaban presentes en cada detalle de comportamiento y mentalidad, la vajilla era de gran delicadeza. Platos, fuentes y tazas habían salido de hornos antiguos con los que artistas desconocidos se habían propuesto emular no ya el ala de la mariposa sino el aire en que se movía, teñido por la persistencia retiniana de sus colores. Cuando los veían en manos del viejo santo, con sus deditos blancos finos como escarbadientes, sus muñecas de niña, se asustaban y corrían a sacárselos diciendo ¡Deje, deje, yo lo llevo! Todo muy amable y con la mejor intención, pero el resultado era que volvía a estar sin nada que hacer.

Probaron con otras tareas, pero sin convicción. Al parecer sobraba el personal, y era más fácil dejarlos de brazos cruzados que darles funciones en las que había que adoctrinarlos, vigilarlos, corregirlos, y, lo más engorroso, reparar los daños por los desastres que provocaban. Aun así, obedeciendo órdenes superiores, insistían. Se inventaban trabajos de nula utilidad, que nadie se tomaba en serio, ni siquiera para mantener las apariencias. Con él falló todo. Su torpeza en lo material era completa. Era de los que no distinguían la derecha de la izquierda (tenía que pensarlo un buen rato), lo que en las tareas domésticas era definitorio. Recurrieron a la solución más práctica, a la que deberían haber acudido de entrada: le pusieron un asistente que hiciera todo por él. Se trataba de un niño, sin nombre, tímido y obediente, que en adelante lo acompañó a todas partes y ocupó la segunda cama del cuarto, que así mostró que no estaba de más, y le hizo pensar al santo que quizás este asunto del asistente ya estaba previsto desde el comienzo.

Pero la falta de lógica que prevalecía en lo de Abdul Malik tuvo entonces una suprema manifestación. Porque lo pusieron, ahora que no tenía por qué hacerlo él en persona, a hacer el único trabajo que habría podido realizar sin accidentes: cargar rosas. Esos guerreros de las sabanas eran fanáticos de las rosas, por influencia iraní; las cultivaban con ahínco, y hasta contrataban especialistas extranjeros de prestigio, que muchas veces eran impostores que se burlaban de la ingenuidad de estos aficionados ricos. De todos modos, las rosas crecían solas. Las llevaban a los interiores, desde los jardines, en grandes brazadas que se repartían en ramos exuberantes en los jarrones. Como las rosas no se rompían al caer, el santo podría haberlo hecho, pero por no contradecir dejaba que lo hiciera el niño, para quien los ramos eran demasiado grandes, debía estirar al máximo los brazos, y las espinas le dejaban rasguños en todo el cuerpo. El santo cerraba los ojos y se decía que las crueldades accidentales del mundo eran inevitables.

VIII

A los rosales los atendía una tropa de jardineros, no por numerosa más eficaz. De no haber sido por la tenacidad de las plantas, eso se habría convertido en un erial. Puestos a cultivar la flor nacional, hombres de otras latitudes sacaban a luz sus peores cualidades en el rubro pereza, descuido, irresponsabilidad, y todas las torpezas que nacían de ellas. Para las plantas el crecimiento era una carrera de obstáculos. Pero la puntualidad de los ciclos naturales triunfaba al fin. Los jardineros se desplazaban en el tiovivo de su incompetencia, como figuras inertes. Sólo tomaban consciencia de lo que estaban haciendo cuando chocaban entre ellos. Los golpes y sacudidas que recibían les iban marcando el tiempo. Se suponía que sus horarios eran rotativos: unos lo eran, otros no. Los gazebos astronómicos de funcionamiento musical abrían brechas infranqueables entre las horas. Los pies desnudos de los hombres tanteaban el suelo, respondían las profundas raíces, imitando formas reales en sus dibujos oscuros: todas plantas de pies. Menudeaban caídas y sopapos como en comedias de payasos.

¿Quién los había puesto ahí? Revelaban una desorganización administrativa en el nivel superior. Y este nivel a su vez culpaba a otro más arriba; esa escalada no se terminaba nunca, y cuando se terminaba lo hacía con llantos y gemidos que ya no componían nada. El razonamiento que guiaba las decisiones parecía haber sido de no-intervención. «Se entorpecerán tanto entre ellos —se habría dicho el demiurgo de los jardines— que dejarán en paz a los rosales.» Se dormían, llegaban tarde, los enamorados que habían encontrado refugio en los grandes parterres se burlaban de ellos, entre los besos. No era un trabajo de verdad, tampoco un pasatiempo.

El objeto final eran las rosas, por las que estos pueblos sentían una atracción apasionada, que en siglos posteriores, con el avance de la civilización y el retroceso de la sensibilidad, se transferiría a los aparatos mecánicos. El antecedente estaba en las flores mismas, aparato reproductor de la planta y mecánica de estambres y pistilos semovientes. Actuaban por telequinesis inmóviles, se abrían de noche con cargas de rocío, llorosas entidades selenitas, indescifrables.

Los motivos de la atracción eran varios, y se contradecían entre sí. Su belleza tenía algo de grotesco. No eran las rosas té, que llegarían desde el Asia mucho después y promoverían un cambio de gusto general en floricultura. Eran las rosas de la Antigüedad, grandes como repollos, carnosas, con cientos de pétalos apretados. Su perfume mareaba, lascivo y dulzón. Eran el resultado de injertos definitivos hechos en eras olvidadas, pero no tenían historia: eran su propia arqueología, testigos del presente. Fascinaban por su presencia tan repetida, una constante reproducción de lo similar, sin más causa que una belleza discutible. Ninguno de sus muchos admiradores sabía si los demás veían en ellas lo mismo. El misterio de las rosas era insondable. El tratamiento que hacían del oxígeno terminaba irritando los nervios que recorrían los tallos, un solo nervio en realidad, al que alimentaban secreciones medulares. La rosa se abría: parecía estar representándose. Se detenía de pronto, con una indecisión vegetal. Los rosedales que eran un apéndice infaltable de las grandes propiedades rurales abisinias habían sido despojados de árboles, para que ni la menor mancha de sombra obstruyera sus químicas. En sus avenidas embriagantes los vigilantes de grandes caras hacían rondas incesantes.

Todo esto conducía a las ceremonias de la polinización, a las que acudían miles de insectos de toda descripción. Indiferentes, soberbias, las rosas abrían sus canales a los visitantes, se dejaban penetrar por sus cuernos y antenas, por todo apéndice peludo que se interesara en ellas.

El volumen de la rosa era simétrico y conformaba la misma figura desde cualquier lado que se la mirara. Eso era una importante ayuda para los agentes de la fecundación pero a la vez era parte de un problema mayor para el humano a cargo. Las rosas estaban ahí para la contemplación, el deleite estético, y sobre todo para crear la sensación de lujo. Todo lo cual dependía de la percepción particular del objeto y de su funcionamiento. De ahí surgía el problema. Porque esa percepción era un añadido sin justificación ni significado en el curso de la vida real de los sujetos que la experimentaban. Era como si un poeta en tren de redactar las gestas de los ancestros de su rey descubriera que tenía poco material (ya fuera porque había investigado poco, o porque los ancestros habían sido unos poltrones), y entonces para alargar se lanzaba a una frondosa digresión descriptiva de paisajes o muebles. La sensación de fraude que podía asaltarlo, él sabría disimulársela con buenas excusas (era su profesión). Las rosas también podían usarse para hacer más largos los días, para llenar esos huecos entre una actividad y otra.

La inutilidad de todo lo cual se hacía patente, en los huecos o fuera de ellos. A los cultivadores les sobrevenía un desaliento invencible. «¿Por qué estoy haciendo esto?», se preguntaban. ¿Sería porque no tenían otra cosa que hacer? El espectro grandioso de la experiencia, el arco multicolor que cruzaba toda la naturaleza y la sociedad, ofrecía oportunidades no sólo para toda una vida sino para todas las vidas. Y ellos las veían desde afuera, ocupados en una supuesta estética floral que tenía más de autoengaño que de otra cosa. Flores de segunda mano, con una pretensión de belleza superada de antemano por los hechos. La cara rubicunda de las rosas se alzaba acusadora hacia ellos y les gritaba: ¡Farsantes! ¡Fracasados! ¿A quién creen que van a engañar, si no pueden engañarse a ustedes mismos? Acompañado de una risa sardónica tan imaginaria y autoflagelatoria como las palabras. La obra se burlaba de su creador, y no tenía otro vehículo para hacerlo que el creador mismo.

Y sin embargo había algunos incautos que se creían la comedia de las rosas. En una economía esclavista podía pasar, era casi inevitable. Las rosas no hablaban en realidad. Mal podrían haberlo hecho careciendo de órganos de fonación. Pero, al igual que todos los objetos, los inertes y los dotados del latir de la vida como era el caso de las flores, tenían una peculiar elocuencia, tanto más convincente por cuanto quien ponía las palabras era el que las oía o creía oírlas. Quizás el humano había aprendido a hablar así justamente: poniendo palabras en boca de los objetos. En todo caso, así aprendió a decir la palabra destructiva y nihilista llamada la Verdad. No había otro modo. En las precordilleras etiópicas se había refinado el método, y grandes objetos, testigos mudos de las andanzas de sus portadores, se alzaban como mojones de una peregrinación.

En otro sector del parque de Abdul Malik los valiosos ciruelos eran custodiados por espantapájaros no antropomorfos. Cuando el santo tropezó con uno de ellos quedó absorto: eran unos molinetes de madera de acebo, de tres metros de altura, que emitían un sonido traqueteante y entrecortado que le recordaba algo que había oído el día anterior, en la caravana. La curiosidad lo llevó a explorar, y descubrió que había más. Aunque estaban hechos según el mismo modelo, eran todos distintos, como no podía ser de otro modo tratándose de fabricaciones artesanales. Sonaban parecido, aunque con variaciones. Una observación más detenida le hizo ver que tenían distintas edades. Los había que parecían recién terminados, con la madera apenas desbastada, y otros resquebrajados y maltratados por la intemperie. La excursión lo llevó al pie del molinete más antiguo de todos, el viejo ancestro todavía de pie, gallardo y parlanchín, aunque por su aspecto se diría que había presenciado el comienzo del mundo.

Le daban ganas de hablar con ellos, de preguntarles por el sentido de la vida, o en todo caso por qué él estaba ahí. El ronco traqueteo de la madera hablaba con el viento que la hacía hablar. No era imposible que estuvieran diciendo algo, ya que todo en el mundo decía algo de un modo u otro. Hasta el discurso del hombre lo hacía, porque dentro de cada palabra larga siempre había una palabra corta, por ejemplo dentro de «palabra» había «ala».

Los troncos de los arbolitos sudaban unas resinas olorosas en las que iban a morir las avispas. La nieve de las montañas vecinas, transportada por los sufridos burritos, se derramaba sobre los copones de mucílago.

Poco a poco, y aunque su mente no estaba especialmente preparada para la mecánica, fue entendiendo cómo funcionaban los molinetes. El aire movía las tablillas superiores, expuestas sobre hilos de cobre, y las hacía deslizar con fuerza contra las bolitas ensartadas en los hilos. El sonido que se producía era siempre distinto, y se prolongaba en notas sordas durante el tiempo que tomaba formular una frase corriente. Tanto ingenio servía nada más que para proteger a los frutos de esos torcidos arbolitos de las aves decorativas rojas, que se mimetizaban casi perfectamente con las ciruelas.

El niño les tenía miedo a los molinetes, se escondía detrás del santo cuando éste se absorbía en sus meditaciones. Cuando se lo pretendía avergonzar por este temor, se defendía diciendo que él no le tenía miedo a nada, salvo a lo que le producía miedo. Y si con una respuesta tan autocontradictoria provocaba risa, se explicaba mejor, con razonamientos que aunque infantiles se sostenían: quería decir que no tenía miedos ya hechos esperando dentro de su mente, la realidad tenía que inventar uno nuevo para que lo conmoviera. Postulaba un mundo creador, que se manifestaba mediante el idioma de las cosas.

IX

Abdul Malik, el propietario, era un hombre de edad madura, barbado, apuesto, siempre de turbante y babuchas coloridas, una presencia que habría sido imponente de no ser por el aire de desconcierto que no lo abandonaba nunca. Pero sus ideas eran claras, quizás más claras, mejor definidas, de lo que le habría convenido. Esto lo pudo comprobar el santo en las largas conversaciones que tuvieron. La riqueza, el linaje, el poder, no lo eran todo. O, peor aún: sí lo eran todo, pero por serlo tenían reversos, contundentes e invasivos. Al otro lado de la riqueza, vigilante, estaba la pobreza. ¿Y quién era rico?, preguntaba Abdul Malik. ¿No se trataba acaso de algo eminentemente relativo? Y que no le hablaran de la riqueza espiritual, decía, quizás adivinando lo que podía estar pensando su interlocutor. La riqueza no era espiritual, era material, y todo lo demás era metáfora. Según su experiencia, sólo podía considerarse rico de verdad el que tenía resto suficiente como para volver a ser pobre y no deberle nada a nadie. No era su caso, lamentablemente.

En ésta como en otras expresiones, exhibía su inteligencia, a la vez que su fatigada resignación a ser sólo inteligente. Era de los que tenían cerebro como para resolver los problemas, pero también para ver que, aun resueltos, los problemas seguían siendo problemas. Su vida se había ido complicando de a poco, y en el proceso su carácter se había ido aplanando, hasta llegar a cubrir como una lámina flexible los hechos.

Aunque honraba los placeres de la mesa, no había sufrido el flagelo de la obesidad, del que eran víctima sus primos los emires de Kafalat.

No era fácil, ni tenía fin, el combate contra el sobrepeso que llevaban adelante esos seres golosos y dados a la molicie. La voluntad débil, el espectáculo desalentador de las hambrunas del Sudán, y la frecuencia de las efemérides que suscitaban festejos, no ayudaban. Menos ayudaba el hecho, que a la larga no tenían más remedio que reconocer, de que era un combate individual. En un estadio de la civilización en que la comunidad actuaba al unísono, emprender acciones en solitario y en contra de la corriente colectiva, y sostenerlas en el tiempo, se hacía cuesta arriba. La nostalgia del desierto y vivir con un dátil al día se conjugaban para la derrota final. Lo peor era que los vecinos siempre estaban en forma, haciéndolos sentir trasplantados a un continente de atletas. Al santo, otro trasplantado, el estilo de vida de los emires, los subemires y los particulares de las precordilleras le producía una impresión de eternidades depresivas. Era como si lo tuvieran todo resuelto y su iniciativa se enmoheciera en hábitos. Después empezaría a ver que no era exactamente así, al menos en el caso de Abdul (porque para entonces, afirmada la relación entre los dos, ya lo pensaba por su nombre de pila). Pero la primera impresión perduró, por una inercia fácil de entender.

Se conocieron en el jardín, frente a uno de los molinetes.

—Buenas…

—Buenas. ¿Señor…?

—Abdul Malik, propietario de esta ruinosa factoría. ¿Con quién tengo el gusto…?

—Soy un esclavo de reciente adquisición.

—¿De veras? —El amo evaluó la edad del esclavo con una mezcla de sorpresa y alarma, pero disimuló ambas. Salió del paso elogiando al niño—: Qué bonito y gracioso. Y parece inteligente. Lástima los arañazos. ¿Lo agarró un gato?

—No. Fueron las rosas.

—Mmm… Sí, las benditas rosas. Qué porquería.

La plaga de las rosas, la falsa poesía que inspiraban, y los molinetes, les dieron materia de conversación, que derivó a zonas más personales cuando Abdul Malik confesó que había salido al jardín para despejar un poco la cabeza atosigada de problemas. Pequeños problemas, cuestiones domésticas, su personal se encargaba de resolverlos, pero los resolvían de a uno, y como la lista era larga siempre quedaba algo pendiente. Sabía que la evasión no era la respuesta adecuada, pero la practicaba de todos modos.

Ya fuera porque la compañía del viejo santo le resultaba relajante, ya porque cualquier otro habría tenido el mismo efecto, la conversación se prolongó, y se repitió más tarde. Fue el período que le dejaría el mejor recuerdo del viaje. Allí nació para él la primera de las pasiones filosóficas, la amistad, el contacto temático de los cerebros, el tesoro depositado en el tiempo. Esa metáfora tan socorrida, «el tesoro de la amistad», daba la clave. Un tesoro no sólo era la riqueza fiduciaria que representaba, sino otra clase superior de riqueza: la travesía que llevaba a encontrarlo, la aventura, la isla donde los piratas lo habían enterrado, o el fondo de la gruta custodiada por dragones o el castillo dentro de los muros embrujados, los peligros, la fantasía. Y el tesoro mismo, cuando se revelaba a los ojos deslumbrados del héroe, consistía en rubíes, esmeraldas, perlas, tallas preciosas, antiguas monedas de oro. Esa belleza, esa riqueza en estado de abundancia y de tesoro propiamente dicho, no podía durar. Porque para que a su nuevo dueño le fuera de alguna utilidad tenía que ser vendido, convertido en dinero, de a poco o todo junto. Y así era como toda la belleza material, todavía olorosa a novelesco y aventura, se transformaba en algo tan abstracto y en el fondo tan trivial como el dinero, cuya única función era desaparecer.

Esa declinación no sucedía con el tesoro de la amistad, gracias al simple trámite de volverse metáfora: no se convertía nunca en algo abstracto y trivial cuya función fuera desaparecer. Era inconvertible, permanecía en todos sus brillos y formas. En parte por ser una metáfora, en parte por su naturaleza misma, la amistad conservaba cada una de las piedras preciosas que la conformaban.

Debido a su intenso compromiso con lo material, la amistad estaba indisolublemente ligada a los lugares donde sucedía. La casa de Abdul fue un lugar de ésos para el santo, un compendio de signos memorables. Más que una casa, parecía una pequeña ciudad. Se levantaba en un predio de dieciséis hectáreas y constaba de distintas construcciones intercaladas de patios, corrales, jardines, un lago artificial y hasta una pequeña montaña en la que triscaban las cabras. Las instalaciones destinadas a los animales variaban en tamaño desde los hangares con capacidad para doscientos camellos hasta los diminutos pesebres para un solo coatí. El vasto contingente humano que vivía a costillas de Abdul tenía para elegir entre diversos edificios bajos interconectados a orillas del lago, las barracas superpuestas mayormente ocupadas por los esclavos, y, para los que querían más privacidad, los iglús de caña y esparto extraviados entre las buganvillas, que invitaban a la siesta y la meditación. Dominando el centro, la casa principal. El elemento constructivo tradicional del país, ladrillo blanco de modestas dimensiones, por su adherencia y flexibilidad permitía alardes formales que le daban un aire rococó. La mansión central era enorme, y aun así no sobraba espacio, porque albergaba en forma permanente al ejército regular del guerrero. Prodigios de ingenio habían sido necesarios para compartimentalizar el interior; al harén principal, del dueño de casa, se sumaban los harenes particulares de sus oficiales, todos separados con el mayor rigor (aunque por todos, o casi todos, circulaban las mismas mujeres con distintos nombres). Las aberturas y los cierres habían sido pensados como válvulas que regulaban el trasvase no de gases o líquidos sino de las historias orientalistas. Pisos de baldosín de lacre, ventanas en forma de media luna giratoria para moderar el resplandor y cielorrasos cuadriculados completaban el panorama de puertas adentro. El mobiliario se reducía a otomanas, jarrones y gabinetes. Los enseres se guardaban en sótanos y desvanes, cuando no en armarios empotrados. Legiones de hombres trabajaban las huertas, donde se lucían las calabazas rojas y los pepinos. Vecinas a los estercoleros se levantaban estructuras de grandes dimensiones de las que escapaba un rumor constante de trabajo manual, y los cantos monótonos de los tejedores. Depósitos y graneros, silos de materiales y fuentes, torres, observatorios, completaban el dispositivo que podría haber sido el de una repartición pública pero en los hechos era privado. El carácter militar de las instalaciones quedaba un tanto opacado por el constante tránsito interior de campesinos, niños y obreros capacitados. Esta verdadera fortaleza de campaña se asentaba en las faldas ligeramente elevadas de los montes Altái, en la cuenca de varias pequeñas mesopotamias abisinias. El clima era benigno, con ciclos, y a veces sin ellos.

X

—¿Y usted qué hacía —le preguntó el dueño de casa repantigado en el sillón— antes… antes de venir a hacernos compañía?

Al santo la pregunta lo desconcertó. Su vida anterior le parecía tan lejana que se dibujaba en su pensamiento con las líneas y las transparencias de un paisaje imaginario. Contribuía a su perplejidad la atmósfera de intenso presente que reinaba en el despacho de Abdul: si se mencionaba un hecho del pasado era para hacerlo reverberar en la charla, para enriquecerla con una novedad más. Sin querer, fue lo que hizo con la única respuesta que le vino a los labios cuando se repetía para sus adentros la pregunta: ¿Qué hacía?

—Milagros.

Lo dijo con una ironía que sólo para él pasó desapercibida. Los presentes, que eran los habitués de las tertulias improvisadas a la tarde, recibieron la información con risas, y la adornaron con un sinnúmero de réplicas risueñas:

—Milagro es que te paguen lo que te deben.

—Milagro es no tener calor bajo el sol.

—Milagro es no caerse del camello cuando estás borracho.

—Más milagro es no tener una erección cuando el camello está apurado.

A partir de ahí derivaron a «milagros» de cama, pues en confianza se permitían hartas libertades de lenguaje y de concepto. El milagro, en efecto, era un fenómeno eminentemente metafórico. El santo, que arrastraba un resabio de complejo de inferioridad social, se felicitaba de haber dado pie a ese chisporroteo de juegos de palabras, aun sin haberlo hecho adrede, pues su respuesta había obedecido a una modesta sinceridad. Sus temores de estar de más y de no contribuir a la conversación eran infundados, porque lo habían adoptado con total naturalidad, e incluso, por su condición de nuevo, con algunos privilegios. Uno de éstos era el de contarle historias que los otros habían oído mil veces, pero volvían a oír en su exclusivo beneficio. O no tan exclusivo, porque también participaba el placer de contar. Y escuchaban con atención, corrigiendo algún detalle, o ampliando otro, o en ocasiones señalando que una precisión estaba de más y no hacía a la esencia del relato. El único que solía manifestar impaciencia era Abdul, que resoplaba «Uf, eso ya lo oí demasiadas veces» y se levantaba e iba a la parte delantera a ver qué hacía el griego. Pero fue esa vez él quien tomó el papel de narrador, aunque podía haberlo hecho cualquier otro, porque la historia la conocían todos.

—Milagros de verdad —dijo— por aquí no hubo más que uno, ¡por suerte! Fue hace unos años, cuando se murió mi tío abuelo, el viejo Zarac Inmalik. Este sujeto, desheredado del tronco principal de la familia, oveja negra ejemplar no sólo de los Malik sino de la provincia, de la nación, de la raza y yo diría del género humano, había dejado el tendal de estafados, había practicado todas las variantes del cuento del tío…

—Habría que contar la de la fábrica de helados —intercaló el Visir.

—No vale la pena. Hubo mil de ésas. Vaciamientos de cada empresa que formó, aunque la mayoría fueron imaginarias, colectas para caridades inventadas, negocios fantásticos a los que nadie les vio el argumento, en fin, para qué seguir. Pero a pesar de tanta pertinacia en las mañas de la ambición, no hizo fortuna; en realidad, no hizo un dinar partido por la mitad. Fue torpeza, por supuesto, pero a los ojos de la ignorancia y la superstición fue otra cosa. Que a lo largo de una larga vida de delincuencia económica no se hubiera consumado ningún delito ni hubiera quedado un solo damnificado sólo podía deberse a una protección divina. Protección en contra, pero no menos divina por ello. Se lo quiso ver, y se lo vio en efecto, como algo superior a la honestidad. Porque hasta el hombre más honesto puede causar algún perjuicio al prójimo, involuntariamente, pero que siendo esencialmente deshonesto no se perjudicara a nadie...

—Pero usted habló de un tendal de damnificados —dijo el santo.

—Damnificados morales, que se consolaban rápidamente al ver que no habían perdido plata. Pues bien —siguió—, de esa inusual circunstancia la plebe dedujo que era un elegido de los poderes celestiales, y cuando murió vino muchísima gente al sepelio. En la familia habíamos pensado en darle un discreto funeral y tratar de olvidarnos de él y de sus trapisondas, pero en vista de tanto fervor no hubo más remedio que hacer algo elaborado. Mandamos a fabricar de urgencia uno de esos féretros en forma de canoa, con seis manijas de bronce, y al amanecer después de una noche de vigilia con cantos y tambores, se inició la procesión a la Gruta de los Muertos. Al féretro lo llevaban a pulso seis hombres, dos primos míos, el hijo de uno de ellos, dos antiguos socios del difunto que por lo visto lo habían perdonado, y un comedido. ¿Y puede creer que a la mitad del trayecto se produjo el milagro? El féretro empezó a elevarse en el aire, con los seis portadores colgados de las manijas, fue tomando velocidad y altura y terminó perdiéndose en el azul del cielo y nunca más se lo vio.

—¡Asombroso!

—Muy espectacular, es cierto, como para dejar a todos con la boca abierta, y a esos maleducados que nunca faltan diciendo «¿Vieron? ¿Qué les dije? Yo sabía que era un elegido». Pero no había terminado de desaparecer cuando empezó la preocupación, que no tardó en volverse lamento inconsolable, por los seis inocentes que se había llevado consigo. Mis dos primos, que habían tomado las manijas medio en broma, dejaban viudas, huérfanos, era una tragedia, y peor el hijo de unos de ellos, mi sobrino favorito, un muchacho de veinte años que acababa de tener su primer hijo. El llanto desgarrador de su joven esposa nos partió el corazón. Los dos ex socios se habían ofrecido, podía decirse que se lo merecían, pero ellos también dejaban familiares y amigos.

—Al parecer —intercaló el Alfil sintiendo que quedaba algo sin explicar—, no soltaron las manijas creyendo que sería una elevación momentánea y volvería a posarse. Querían experimentar la emoción de un vuelo sin exponerse a sus peligros, como que se creían transportados por una de esas potencias sobrenaturales que nunca defraudan a sus fieles. Pero de pronto estaban demasiado alto, y si se soltaban se estrellaban.

—Hubo una aceleración repentina que los tomó por sorpresa.

—El vuelo mismo los tomó por sorpresa —dijo Abdul—, los paralizó, no los dejó pensar, que es el primer efecto, de manual, que tiene un milagro, y eso solo ya lo hace desaconsejable. Al sexto desaparecido, un voluntario salido de la multitud, no lo conocíamos; pero fue el que más problemas nos dio. La viuda vino a reclamarnos una indemnización, y como no se la quisimos dar nos puso una demanda ante los Imanes de Kafir... No sé en qué habrá quedado eso.

—El proceso sigue todavía —dijo el Visir.

—¿Sí? Qué desgracia. Es que cuando huelen plata no sueltan prenda. —Suspiró—. Ya ve, si queríamos tener un milagro para contarle a nuestros nietos, lo tuvimos, pero nos costó caro.

El santo no hizo comentarios, se limitó a poner cara de circunstancias. Por suerte no le preguntaron qué clase de milagros había hecho él, porque no habría sabido qué decir. La llegada de otro de los habitués renovó la charla, junto con la disposición de las banquetas y silloncitos alrededor de la mesa ratona.

El despacho constaba de dos ambientes. En contraste con los sobredimensionados salones de la casa, éstos eran pequeños, con una marcada atmósfera de acogedora intimidad, sobre todo el segundo, donde se hallaban en ese momento. El delantero era el despacho propiamente dicho, pero Abdul lo evitaba todo lo que podía. Delegaba en su asistente, el griego Nicomedes, que atendía a los militares que estaban yendo todo el tiempo con sus planteos y exigencias. El santo sospechaba que el griego no era trigo limpio, y que ahí se enjugaban negocios raros pero Abdul no parecía preocuparse. Lo mismo que en otros campos, dejaba hacer, cerraba los ojos, lo único que pedía era que lo dejaran tranquilo, fumando en su gran houka de oro y charlando con los amigos. Esto lo hacía en el cuarto trasero del despacho, donde se despatarraba en el gran sillón negro y dejaba pasar las horas, siempre de buen humor, curioso de las vidas ajenas y dispuesto a compartir su experiencia y sus recuerdos en la charla deshilvanada y sembrada de risas.

El ambiente tenía esa austeridad rica de la vieja nobleza abisinia que alentaba cortesías y pausas para pensar. Cerrado, con apenas un ventanuco al fondo, en él se abría un mundo distinto del mundo, aunque muy parecido, la vida se alejaba, pero no tanto como para perderla de vista, la existencia misma de los hombres y las cosas se resolvía en tema de conversación, lo que la volvía momentáneamente inofensiva. El santo se maravillaba de que hubiera gente tan interesante como la que conocía ahí: el Visir con su calva y sus escarpines rosa, un artista flaco apodado el Alfil, al que se debían las coloridas decoraciones de las salas de recibo, El-Kazir, hábil falsificador que había prestado servicios en las escrituraciones de los territorios anexos, muchos otros eternizándose en la convivencia. Pero quizás el universo entero estaba lleno de gente interesante, sólo había que ponerla en el contexto adecuado. El griego Nicomedes solía unirse, cuando refluía la clientela del despacho.

XI

El tema de los milagros, de vuelta al nivel metafórico, estaba lejos de agotarse. Se renovó cuando se internaron, como era de esperar que lo hicieran tratándose de una charla entre hombres, en la materia siempre espinosa de las mujeres. En ese terreno las intervenciones de lo sobrenatural estaban sobredeterminadas, porque era un verdadero milagro, en eso estaban todos de acuerdo, encontrar una que no viniera fallada. No, no una. Si se trataba de una sola no era tan difícil, ya que siempre se podía hacer la vista gorda a un defectillo o dos, para eso estaba la bendita compensación de vicios y virtudes. Si tenía mal carácter podía tener buenas tetas, si tenía la vagina dentada podía bordar como un hada. Sabia y magnánima, la Naturaleza no había querido que todo fuera malo en una de ellas, pero había mostrado un toque de mezquindad al hacer que en ninguna de ellas todo fuera bueno. El problema empezaba con la multiplicidad. Muchas mujeres eran muchos problemas, y ahí no había compensación que valiera porque se anulaban unas a otras. Aludían, claro está, a la arraigada tradición poligámica en la que había medrado la civilización suberítrea.

El santo, que no era la primera vez que los oía quejarse por el mismo motivo, preguntó si acaso el harén tenía algo de obligatorio. La poligamia como institución parecía ser eminentemente optativa, y no veía por qué mantenerla si les daba tantos dolores de cabeza.

Hubo distintas opiniones, aunque todas terminaban en admitir que seguían teniendo muchas mujeres porque les gustaba.

—El gusto o el capricho —dijo Abdul— esconden un vacío. Casi todo en la vida se hace porque sí, sin una causa con la que se lo pueda justificar ante un extraño. En realidad no es que falten causas, sino que sobran, esas pequeñas causas entrecruzadas, motivos inmotivados, dentro del entramado de los hechos. Todo se decide ahí, donde mueren las palabras. La causa pesada e imperiosa viene a posteriori, cuando, como dije, se da la necesidad de explicarse ante un extraño.

El santo no estaba prestando mucha atención (el razonamiento abstracto no era para él; todo lo que oliera a filosofía le sonaba a charla hueca), pero algo debió de tocarlo en esta repetida alusión al «extraño» ante el que había que explicarse. Si bien era una mera figura del lenguaje, esas figuras tenían seres reales y vivientes en su prehistoria. Dadas las circunstancias, él tenía motivos para identificarse con ese extraño, viajero sin rumbo ajeno a todas las instituciones humanas, pero que sin embargo las atravesaba forzando en ellas un lenguaje imposible.

Volvió cuando la conversación había tomado un giro más concreto. El «milagro», decían, era que la poligamia funcionara, cuando sus mismas premisas lo hacían imposible, al menos en las condiciones en que se había planteado. Abdul era tajante en su opinión:

—Cuando los Sultanes de Garabaña lanzaron el programa Poligamia Para Todos, no sabían lo que estaban haciendo. Fue un típico gesto irresponsable de demagogia: hacerse aplaudir con una declaración fulminante, y dejar para después, o para otros, la implementación práctica. La matemática más elemental se opone.

—¿Sí? ¿Cómo es eso?

Se apresuraron todos a responderle, y en realidad la pregunta se respondía sola. Si en una comunidad cualquiera la cantidad de mujeres y hombres era más o menos la misma, caía por su propio peso que no todos los hombres iban a poder tener muchas mujeres. Ya con que cada uno pretendiera tener dos nada más, lo que era una modestísima bigamia, el número de mujeres tendría que ser el doble que el de hombres. Y un harén que se respetara tenía un mínimo de diez. Una vez que hubo captado dónde estaba el problema, el santo se maravillaba del absurdo de semejante medida de gobierno. Era como suponer que estaban en manos de orates. Dijo algo en ese sentido, pero notó que una onda de incomodidad pasaba entre sus interlocutores. Abdul tomó la palabra en tono conciliador. Aun reconociendo la irracionalidad central del asunto, había algunos atenuantes.

¿Sí? ¿Cuáles? Era difícil imaginárselos.

—No es tan difícil si en lugar de verlo como una situación fijada en un instante se lo considera en su devenir. Las mujeres en el harén dan a luz hijos e hijas. Los varones, sujetos a las prescripciones del trabajo, el servicio militar y otras obligaciones civiles, no se casan hasta los treinta años, mientras que las niñas a los quince ya están en condiciones de ingresar a un harén. Ese desfase etario es una importante contribución.

El Visir sacudía la cabeza, muy lejos de estar convencido (además, había oído ese argumento mil veces): le parecía que la contribución no era tan importante. Terció El-Kazir:

—Quién sabe. La matemática suele dar sorpresas.

La intervención del tiempo aportaba una explicación también en otro sentido. Las sociedades poligámicas en el continente habían sido tradicionalmente sociedades guerreras, con pasión por el combate. La guerra era su estado natural permanente, y las bajas se contaban en el elemento masculino. Campaña tras campaña, el stock de hombres disminuía mientras que el de mujeres no sufría merma, y el crecimiento vegetativo lo acercaba asintóticamente al ansiado diez a uno.

—¡Pero para eso son necesarias verdaderas masacres!

—No las hemos ahorrado, mi estimado amigo. La igualdad se edifica sobre el derramamiento de sangre.

En ese punto se producía un silencio tenso, como si se acercaran a un terreno minado. El santo había notado que aun cuando entre ellos reinaban la confianza y la cordialidad, sus posturas políticas diferían sordamente. De ahí que evitaran ciertos temas, para preservar la paz. En esta ocasión uno de los oficialistas se arriesgó un paso más, con prudencia:

—La oposición critica sistemáticamente toda medida y pronostica caos y catástrofes que no suceden. Fue el caso del programa Poligamia Para Todos: irracional, absurdo, demagógico, irrealizable… Pero funcionó, y los que se equivocaron en profetizar su fracaso no se disculparon.

Hasta ahí llegaban. Cambiaron de tema. Lo curioso era que el Sultanato de Garabaña, cuyas políticas suscitaban esas pasiones, se había extinguido mil años atrás, dos o tres siglos después de lanzar su programa de inclusión poligámica. En el milenio de anarquía subsiguiente, la única novedad en materia política había sido la institución de la Paz Perpetua.

—¿Pero entonces…?

No, definitivamente habían cambiado de tema y no le explicaron qué consecuencias tenía la cesación de las guerras para la poligamia. O se lo dijeron con argumentos indirectos.

La Guerra en tanto tal, y también la Paz, decía Abdul, eran fenómenos narrativos, la guerra porque era lo que se hacía para contarlo, la paz porque era todo lo que se haría si no hubiera guerra, que era una interrupción absorbente (un relato). Ambas habían tenido lugar en un tiempo mítico.

—A diferencia del camello, el hombre se sabe mortal, y eso crea una urgencia a la que sólo satisface el pensamiento, que es lo más rápido que hay. De ahí nace tanta imaginación que adorna y colorea la vida, pero también nacen las pasiones tristes que anuncian la muerte, con lo que se cierra el círculo.

El santo confirmaba en su persona la verdad de estas palabras. A pesar de la calidez de los intercambios en el pequeño grupo, y las divertidas asociaciones que se derivaban de la charla, persistía (y asomaba en las pausas) un sentimiento de desazón, de inutilidad. Era como si creyendo caminar por senderos floridos en realidad estuvieran escalando una montaña de pura roca hostil. Si por un momento las transparencias de la conversación les habían hecho creer que la felicidad se podía conseguir gratis, los hechos se encargaban de desengañarlos. Todo había que ir haciéndolo paso a paso, palabra por palabra, banalidad por banalidad. La ilusión provenía de la facilidad con que se podía cambiar de tema. Siempre tenía que haber un tema, un asunto, en el que entraban todos juntos cantando como un coro de pericos, se envolvían en las membranas irisadas del tema y se creían en la eternidad. Claro que también los aprisionaba, porque al entrar en un tema dejaban afuera a todos los demás. De ahí la urgencia por cambiarlo. Pero con otro era lo mismo. Y era inescapable, porque no se podía hablar sin un tema. Era una extorsión permanente. Lo que más dolía era pensar que se podía haber empleado el tiempo en algo más provechoso.

Más aún dolía saber que después, cuando hubiera transcurrido mucho tiempo, las conversaciones emitirían un brillo conmovedor, como astros lejanos en el negro profundo del recuerdo.

XII

La pregunta del millón era: ¿de dónde sacaba la plata Abdul? Había motivos para estar intrigado. Él no hablaba del tema y parecía a una distancia cósmica de esas preocupaciones materiales. Pero era de todo punto de vista evidente que se necesitaba mucha plata para mantener a la enorme colonia de zánganos que hormigueaba a su alrededor. El establecimiento no se autoabastecía a pesar de sus huertos, que tenían una función estética más que práctica. Y las exigencias de los militares, que se pasaban el santo día haciéndole planteos al griego Nicomedes, debían de pesar bastante en el presupuesto. O el hombre tenía un temple de acero, o era un completo irresponsable, para mantener ese permanente estado de relax.

Pero sólo la inocencia del santo, su ignorancia de la psicología nacional abisinia, podía hacerle creer que Abdul bajaba todas las noches al fondo de una gruta y metía las manos en una fuente llena de monedas de oro. Las cosas se manejaban en términos mucho más realistas. Y de hecho el santo había tenido la explicación desde el comienzo, cuando se conocieron frente al molinete. Sólo tuvo que reconstruir esa conversación, con ayuda de algunos trucos básicos de mnemotecnia. En realidad Abdul no tenía nada que ocultar. Si algo se ocultaba a su pesar, era por el natural pudor de hablar sobre sí mismo. Ese pudor tenía un componente culposo: a él le iba bien, se las arreglaba, le sobraba, y en comparación de tantos cazadores-recolectores que tenían que sudar la gota gorda para conseguir un mínimo de alimento, lo suyo era un picnic.

Pero no quería privarse del gusto inveterado de hablar mal del gobierno, de todos los gobiernos que habían llevado a la nación a supuestas crisis permanentes. Eso le gustaba, como a todos sus contemporáneos. Decía que «Abisinia» venía de «abismo», e iba hacia él.

Abdul y el santo se habían conocido al pie del viejo molinete. Nadie sabía quién había construido este artefacto, quién había sido su inventor; su mecanismo ingenioso indicaba un estadio bastante avanzado de la técnica, y no se sabía de la existencia de un estadio así en la región, como no fuera en las consejas patrióticas. No se sabía tampoco qué función había cumplido originalmente. Quizás había sido una suerte de instrumento musical de pie. A la larga, cuando los cultivos se diversificaron y atrajeron la rapacidad de aves migratorias, se lo adaptó como espantapájaros, sacándolo de los gabinetes de curiosidades donde había dormido durante siglos. Causó sensación, no sólo entre pájaros sino entre eritreos de baja condición. Lo vieron algunos visitantes de paso e hicieron correr la voz. Pronto acudían en peregrinación familias enteras de beduinos a extasiarse con su traqueteo. Esos ruiditos de las bolas de madera al entrechocarse, melodías que producía el azar, sin ser nada armoniosas en sí, porque eran secas y breves, las series y los intervalos siempre distintos los hacían, por lo visto, muy entretenidos. Provocaban un embobamiento total. Espantaba a los pájaros pero atraía a la gente, que pisoteaba los canteros. Abdul tuvo que vedar la entrada, lo que causó protestas, y como él siempre quería estar bien con todo el mundo, se vio en una disyuntiva.

La solución que se le ocurrió fue hacer réplicas de bolsillo del molinete, primero un prototipo, a ver si sonaba igual; si tal era el caso, pensó, podía conformar a los visitantes vendiéndoles uno en la entrada. Puso a trabajar a un artesano hábil, que logró una copia muy convincente, de veinte centímetros. Ni siquiera hubo que adaptarlo. El sonido de las bolitas, producido en el modelo grande por el viento, aquí se conseguía con un movimiento de la mano (y más tarde los beduinos descubrirían que ni siquiera eso era necesario, porque bastaba con el bamboleo del camello).

Hubo que buscarle aprendices al artesano para hacer más, porque la demanda fue fulminante. Al poco tiempo lo que empezó siendo un taller en un rincón se volvió una fábrica, funcionando en cadena, y en el presente unos doscientos obreros, entre cortadores, pulidores, ensambladores y empaquetadores llevaban adelante la producción. Parecía una de esas fábulas de éxito, en las que abundaba la narrativa orientalista, de las que sólo difería en que la magia había sido remplazada por la industria, que en definitiva era una forma apenas (no mucho) más verosímil de magia. Pero eso sólo se lo podían creer los que no habían sufrido en carne propia los infinitos problemas que comportaba la administración de un establecimiento fabril. Había que lidiar, en efecto, con la impuntualidad de los trabajadores, sus reclamos de horas libres para la comida o el rezo, o los planteos por las condiciones de trabajo, los barbijos para protegerse del polvillo de acebo, la ventilación de los locales; el descuido con el que trataban a las herramientas, las renuncias inopinadas sin aviso previo, que dejaban de pronto un hueco en la cadena de producción y la paralizaban. Y los problemas causados por el personal eran menores frente a otros, como la falta de insumos, el acaparamiento de los distribuidores tendiente a crear una falsa escasez y subir el precio, el regateo de los minoristas y sus demoras en los pagos...

Era de nunca acabar. Si funcionaba a pesar de todo era porque la demanda se mantenía en el nivel de lo insaciable. La producción a escala permitía venderlo barato, y el aparato en sí contribuía desgastándose pronto con el uso. El golpeteo anulaba paulatinamente, y rápido, los alveolos interiores de la madera de acebo, y cuando las bolitas terminaban de solidificarse perdían la resonancia que hacía su encanto, y había que renovar el aparato. Era como comprar un helado: no porque se hubiera comprado uno un día no se iba a poder comprar otro al día siguiente; el consumo era un poco más lento, pero en esencia era lo mismo. El tedio de las caravanas se aplacaba con esa especie de sonajero parlante, su toc-toc resonaba en las noches estrelladas del desierto, y los camellos se habían acostumbrado tanto a oírlo que no marchaban sin él. Mucha especulación inútil había girado en torno al atractivo de ese juguete para adultos. Era cierto que evocaba una lengua desconocida. Pero había tantas lenguas desconocidas reales ofreciendo la gratificación futura de que se las podía aprender, que era intrigante el embeleso que provocaba una que nunca podría aprenderse. Más al punto era otra razón: un pueblo genéticamente desprovisto de oído musical había encontrado al fin el instrumento que se tocaba solo.

Vivían de eso. De la venta de una estúpida matraca. Para el último vástago del linaje de los guerreros Malik, que se habían ilustrado en las campañas contra los seres primitivos al frente de ejércitos innumerables, el comercio significaba una caída de prestigio. Pero Abdul sospechaba que el prestigio estaba a punto de cambiar de casillero, y el más propicio para alojarlo era el del comercio. Ahí estaba el futuro, en la producción, distribución y venta de bienes materiales. La guerra por la guerra misma estaba de salida. Y una vasta porción de la humanidad que había vivido siempre dedicada a las artes marciales corría el riesgo de caer en el aburrimiento y la depresión. ¿Por qué habían hecho la guerra con tanta asiduidad, casi maniática? Por no encontrarle sentido a la vida. Nadie se lo encontraría nunca, pero el porvenir contenía otros modos de ocupar el tiempo, y los militares serían degradados al desván de los trastos viejos. Sus galas funcionarían como disfraces, sus ingenieros se dedicarían a la industria del entretenimiento, las armas servirían para decorar las paredes y aprender geometría. Pero al futuro, por definición, había que esperarlo, y no parecía apurado por llegar. El statu quo era un hueso duro de roer. Él era un adelantado, condición que le convenía disimular. Se había visto forzado a mantener un pequeño ejército privado para cumplir con las formas; eran una carga inútil, pero despedirlos le saldría más caro que seguir alimentándolos. El costo de esa farsa lo obligaba a producir y vender sin pausa, extremando los recursos y renovando las estrategias de distribución.

No se hacía muchas ilusiones de cambio. Cuanto más progresara la evolución histórica, más se parecería al estado que dejaba atrás. Así como la guerra hacía un consumo intensivo de vidas humanas, la industria lo hacía de recursos naturales. Los bosques ancestrales de acebos en el valle, que proveían la madera para los juguetes, habían sido talados. Habían debido ir a buscarlos más lejos, lo que encarecía la operación. Y otras maderas, con las que habían probado, no daban el mismo sonido. Replantar no era la solución, porque ese árbol tardaba una eternidad en crecer. En el fondo de todos los problemas estaba la pesadilla implícita en el negocio: el control de calidad, vale decir ponerse a merced del juicio de seres tan intrínsecamente inferiores como lo eran los consumidores. Abdul a veces extrañaba la guerra, en la que no había que lamerle el culo a nadie, más bien al contrario. Pero no se podía ir contra la evolución. Y la evolución se daba en todos los órdenes, incluida la mano de obra, que desde las eras ancestrales había estado a cargo de los esclavos. Eso también estaba de salida. Abdul lo había comprobado en carne propia, al hacer cuentas y ver que los empleados remunerados eran más convenientes que los esclavos. El sueldo que les pagaba equivalía a la cuarta parte de lo que le costaba alimentarlos, vestirlos, alojarlos y darles atención médica en calidad de esclavos. Así dejaba de tenerlos bajo su responsabilidad, y con sus sueldos, que iban corriendo a gastarlos, activaban el consumo. No obstante estas razones, debía seguir comprándolos, a pesar de que no le servían de nada, porque la economía del país dependía en buena medida del comercio de esclavos, y él necesitaba que la economía se mantuviera en movimiento para que le compraran la mercadería que producía. Un círculo vicioso, pero no valía la pena lamentarlo porque en la economía todo era círculo vicioso. El resultado era que se veía cargado con una doble multitud ociosa de soldados y esclavos, igualmente inútiles, todo pour la galerie. Era el precio que debía pagar por ser un adelantado.

Incidentalmente, esto explicaba que hubiera comprado al viejo santo. Abdul se resignaba a adquirir su cuota social de esclavos a sabiendas de que eran un peso muerto, y aceptaba a ciegas cualquier cosa. De vez en cuando, para sacarse a uno de encima, inventaba alguna misión que lo llevara lejos, y rogaba que se lo comieran los leones y no volviera.

XIII

Al día siguiente el santo se encontraba en las puertas del Gran Oasis, refugio de montañas cuyo tamaño reducido no las habilitaba para una presencia en descampado, origen de ríos y vivero esencial del África profunda. Los tres días que llevaba en el continente, desde que los piratas lo desembarcaran en sus costas, no lo habían preparado para el atomismo de verdes que se derramaba tanto en lo grande como en lo chico. Había recorrido mucho camino, sin proponérselo realmente, con el resultado de que empezaba a sentirse como una sustancia disuelta en las proximidades que se apartaban a su paso. Las operaciones de química a las que se habían entregado sus contemporáneos en procura de riquezas ilusorias tenían su correlato en las variaciones de ánimo que lo transportaban. No podía creer que estuviera viajando por su cuenta. Las hileras de plantas, en horizontal y en vertical, eran un festín de simetrías. Quedó paralizado de admiración ante el panorama, que tenía algo de dibujo infantil por la distorsión natural de las perspectivas, que se dispersaban invitantes y silenciosas. El entrecruzamiento de líneas y volúmenes, de luces y sombras, formaba para la mirada atenta la figura de un hombre dormido. Parecía una alegoría del insomnio, pero soñado.

El niño caminaba a su lado cargando las provisiones. Caía la tarde, los colores se atenuaban. Cuando se hizo de noche se habían adentrado tanto por la avenida central que ya dejaban atrás varios pequeños reinos, señalizados con estatuas. Durmieron en una torre abandonada, y al amanecer salieron de reconocimiento.

Este cambio de escenario había tenido su origen el día anterior al pie del molinete de Abdul Malik. No sin alarma, el guerrero había notado la edad de su nuevo esclavo, y se dijo que era preciso mandarlo lejos lo antes posible. En efecto, si un esclavo moría dentro del complejo sobrevenía un sinfín de inconvenientes. La ceremonia fúnebre, a la que su supersticioso personal no renunciaba en modo alguno, duraba un día entero en el que se interrumpía todo trabajo, y sólo él sabía la pérdida que significaba un día de brazos caídos. Los ritos, que incluían veinticuatro horas de ensordecedores tambores, tenían por objeto cancelar las futuras visitas del fantasma del difunto.

Para impedir este estorbo, que la evidente cercanía del ejemplar con el fin de la vida le prometía a corto plazo, Abdul lo mandó a recorrer los reinos interiores, con la supuesta misión de evaluar mercados promisorios. Lo embarcó con grandes recomendaciones en una caravana que le haría atravesar los feos tramos arenosos. Lo dejaron en los oteros que llevaban al Gran Oasis, y de ahí siguió a pie, siempre en compañía del niño, que se había revelado eficaz en los menesteres prácticos de un viaje. El terreno subía, la vegetación tomaba tintes azulados, y se ajardinaba en pequeñas mesetas. Las típicas acacias, cargadas de aves, se mecían en el crepúsculo lejano. En realidad, reinaba la lejanía. En ella se desplegaba un panorama de pequeños reinos independientes, celosos de sus vecinos pero necesitados unos de otros por el intercambio, la complementación, y las reglas de buena vecindad.

Los príncipes a los que iba recomendado lo recibían distraídos, como dormidos. Le dieron la impresión de poca inteligencia, pero todo indicaba que no necesitaban mucha, en las sociedades simplificadas que presidían. Sus pequeñas ciudades se levantaban en las orillas de arroyos cantarines, a la sombra de las palmas. Las moradas parecían obra de arquitectos extravagantes, pero no eran más que descaminadas improvisaciones. Las casas desplegaban sus partes poco a poco, y no terminaban nunca de completarse. Las liturgias, por lo que pudo observar, eran relajadas. No se podía generalizar, porque cada corte era un orbe con sus leyes propias, su lengua y su estilo. No habría debido generalizar aun cuando no hubiera sido así. Eso estaba en el abecé del viajero: no creer que todo lo que se veía era representativo; podía ser una excepción única e irrepetible. La mente tendía a generalizar, a veces forzaba a su portador a hacerlo. Veía una gacela subida al techo de una casa y anotaba en su carnet virtual de impresiones: «En estas latitudes las gacelas se pasean en los techos de las casas». Si hubiera preguntado, le habrían dicho que era la primera vez que sucedía tal cosa. Tampoco era cuestión de irse al otro extremo y decir que todo era excepción y que todas las cosas habían pasado una vez nada más. Aunque quizás ahí estaría más cerca de la verdad.

El santo se preguntaba, como corolario de estas reflexiones, si él no se había pasado la vida cometiendo esos errores gemelos consigo mismo, un día creyendo que cada cosa representaba los todos sucesivos del universo, y al siguiente asombrándose de la excepcionalidad irrepetible del musgo y los líquenes. El viaje, si es que al fin de cuentas esto que estaba haciendo resultaba ser un viaje, le daba la ocasión de deshacerse de esa dialéctica nefasta. ¿Por qué no disfrutar de estos pequeños mundos tal como eran? Bien podía olvidarse de la misión que lo había llevado allí, que era una excusa, y posar una mirada hedónica sobre los paisajes y los hombres. Que otros se ocuparan de los montos de exportaciones e importaciones, la balanza comercial y el consiguiente fluctuar de las monedas de cambio. Él ni siquiera tenía por qué saber que esas cosas existían. Traspasaba las fronteras a veces sin darse cuenta. También había fronteras imperceptibles, enroscándose en los tumultos vegetales y animales. La vegetación millonaria se llenaba de monos de un momento a otro, sin aviso. Chillidos, aullidos, llamadas humorísticas, acompañaban las fases del Sol, que se parecían a las de la Luna. Al amanecer venían los cortejos de mariposas. Por caminos sembrados de bayas, en un burrito prestado, el santo iba tomando velocidad paulatinamente. Sobre una velocidad total de 84, empezó teniendo 2. Con los globos de temperatura templada llegó a 66. Ya empezaba a sentirse como en casa, tanta era la capacidad de adaptación del ser humano cuando no se obstinaba en no adaptarse.

A pesar de haber ido tan lejos, sentía que siempre estaba cerca, a un paso. Debía de ser porque en la lejanía era donde se amontonaban las contigüidades. Se sucedían las selvas y sabanas, intercaladas de montañas, minúsculas pero abruptas y con los perímetros duplicados. Los elefantes berreaban, las leonas, sigilosas como víboras, acechaban, los monos no les perdían pisada. El primer Estado que visitó le dio la pauta de todos los demás: sus eternas vacaciones eran una fachada, detrás de la cual tenía lugar la batalla por el autoabastecimiento, incesante en el tiempo y en el espacio. Cavaban en su situación para sacarle el mayor provecho posible. Querían llegar a las madres del instante y del milímetro para extraer de ellas el secreto de la expansión. El comercio con los vecinos no paliaba sus problemas, ni siquiera explotando las ventajas comparativas de sus respectivos recursos naturales. Estas ventajas cesaban en la frontera, y allí las fronteras proliferaban, se contraían con ahínco hasta pegarse unas a otras. El santo, observando a vuelo de pájaro estas soberanías de opereta, se aburría. No se tomaba en serio la realidad. Pero seguía adelante, porque le habían dicho que en el corazón del territorio había Estados más estables.

Aquí hay que decir que su organismo había resistido con gallardía el traqueteo reciente, frenético en comparación con la descansada rutina del monasterio en que había transcurrido su existencia anterior. Aun para otro que hubiera llevado una vida más activa, tantos traslados y sobresaltos habrían resultado desgastantes. A él no le habían hecho mella. Al contrario, sentía que se despertaban fuerzas dormidas, sus sentidos se agudizaban (veía mejor, él que siempre se había creído miope), lo ganaba la confianza en sí mismo. Su edad, después de todo, no era tan avanzada. Tenía sesenta y cuatro años, y el poco uso que había hecho de las fuerzas vitales, así como de las intelectuales, sumado a los hábitos monásticos regulares, la alimentación sana, las pasiones controladas al punto de la represión, habían preservado gruesas vetas de vigor en él.

En vista de esta renovación se preguntó si no había sido precipitada su decisión de retirarse. No, no lo creía. Ya había hecho suficiente. La cantidad de milagros que tenía en su haber era grande. Al momento de su precipitada partida de Cataluña superaban los ochenta, en general de poco volumen, milagros que no provocaban temblores de tierra sino una pequeña modificación que sólo notaban los que estaban muy atentos. Aun así, exigían de su parte un gran gasto de energía de invención, más inclusive que los grandes milagros multitudinarios, porque en éstos bastaba con resurrecciones o multiplicaciones convencionales, mientras que los pequeños milagros que eran su especialidad siempre debían tener algo distinto, una vuelta de tuerca a las leyes naturales. Una actividad así no podía prolongarse indefinidamente, corría el riesgo de volverse algo maniático o ridículo. Estaba muy a merced del público, que debía suspender momentáneamente la incredulidad para dar patente de recepción a lo que hacía. La cantidad, si bien en cierto momento él la había cortejado, podía volvérsele en contra. Los viejos santos clásicos de las eras heroicas del cristianismo muchas veces habían construido su prestigio (que no era otra cosa que su santidad) en base a un solo milagro. Él había terminado devaluándolos.

Desde la distancia en que los veía allá en la selva, sin entrar en detalles y desde el momento en que podía dar por cerrada esa etapa de su vida, el conjunto de sus milagros se le aparecía como un todo que lo representaba. No le correspondía a él calificar de un modo u otro el todo y la representación consiguiente. Tampoco podía hacer una evaluación del conjunto. Los seguía viendo aislados, cada uno ligado a la circunstancia en que lo había producido. Pero postular una visión ajena que viera en ellos el retrato de su rostro y su alma equivalía a postular que se los recordara, y ahí se alzaba como obstáculo el olvido y la ingratitud que eran la esencia de lo humano. Lo más que podía pretender era que sus milagros, sumidos en el anonimato y la leyenda, dejaran algún rastro en las lenguas del mundo.

Para dar por terminada esa etapa se había necesitado la profunda convulsión del asesinato, la huida y el viaje forzado a comarcas extrañas. Antes, en la decisión de retirarse pacíficamente a su pueblo natal, no salía del sistema que lo había hecho un santo, al contrario: lo certificaba. Agradecía el accidente. Si había creído que le llegaba la hora de esperar la muerte había sido por basarse, atolondrado, en los promedios de vida estadísticos de la época. Esos codiciosos catalanes le habían hecho un favor sin querer: con el crimen lo sacaron del promedio. La idea de la muerte se alejaba prodigiosamente al pegarse, por curiosa paradoja, a la vida.

XIV

Los Estados estables no eran un mito, lo comprobó al llegar a uno de ellos. De tanto viajar, de tanto cruzar interminables corredores de espacio, entrar por una puerta invisible que no existía y salir por otra, no podía suceder otra cosa que llegar a alguna parte. Ya era hora, porque después del cambio incesante del trayecto el cuerpo y la mente clamaban pidiendo que lo distinto se volviera lo mismo. El santo quería parar para recopilar impresiones. Estaba un poco fatigado de ser el receptor móvil de un mundo que había echado raíces. Quería cambiar los papeles. También había pensado que el niño debía tener un domicilio fijo donde recibir educación y una alimentación regular, además de hacer amiguitos y reunir esas colecciones de objetos pequeños a las que los niños eran tan afectos. La vida nómade, a su edad, si bien podía darle enseñanzas útiles para el ambiente salvaje del que provenía, no lo formaba en los saberes y modales de una civilización que tarde o temprano llegaría a la selva. En todo el trayecto, que había sido bastante errático, la única figura que se recortaba en los paisajes era la del santo, lo único idéntico, trasladándose como por alucinación a un fondo cambiante de soles, lluvias, crepúsculos rojos y amaneceres dorados. El niño, invariablemente a su lado, se repetía también, como un segundo santo en tamaño reducido. Pero santo de verdad había uno solo.

Un motivo más concreto y urgente para precipitar la llegada era la ocupación del tiempo. El viaje, como era previsible, lo había estado llenando sin dejar resto, y quizás había llegado el momento de desocuparlo. En una vida enteramente dedicada a hacerse notar, el santo sentía por épocas el deseo de pasar desapercibido, para lo cual necesitaba ese espacio que se abría dentro del tiempo. Había que detener el movimiento.

O simplemente se detuvo porque le gustó lo que vio: un país próspero y de buen clima; un poco excedido para el lado del calor, como no podía ser de otro modo en el corazón del África; la temperatura alentaba la libertad en las costumbres y el vestuario, pero sus habitantes llevaban con natural elegancia el despojamiento indumentario. El agua, presente en cada vuelta del paisaje en ríos y lagos, hacía funcionales estas desnudeces poniendo a sus portadores en disposición de una zambullida al paso. Las bellezas orográficas se engalanaban con una flora conspicua, intrincado hábitat de pájaros y larvas. La hiena amarilla y la formación rocosa bajaban por igual del muro montañoso.

Amontonadas todas sus características, dispuestas como en una vitrina para una apreciación a primera vista, al país se lo podía juzgar pequeño, uno de esos Estados de juguete que a veces políticas beligerantes de las potencias vecinas inventaban con fines de equilibrio o tapón geoestratégico. Pero ésta habría sido una ilusión óptica. Se debía a que las perspectivas se habían contraído. Nada era pequeño para una medida humana segura de sí misma.

Dos ciudades importantes se disputaban la primacía y el prestigio, unidas por una carretera en línea recta. La distancia estaba puntuada de aldeas de placer en las orillas de las vías navegables. La prosperidad que hacía posible el ocio indicaba labor y esfuerzo, pero éstos se disimulaban en hábitos que parecían ancestrales. Los rebaños pastaban solos, en las faldas de las montañas los sembradíos en terrazas recibían lluvias espontáneas y las caricias fecundantes del Sol. Cigüeñas, flamencos, golondrinas, patos, decoraban los cielos como viviente papel picado.

Le dijeron que estaba en los dominios de la reina Poliana. No le extrañó el dato porque en esas profundidades del mundo el matriarcado seguía vigente. El nombre, Poliana, le quedó resonando en los oídos, y con el paso del tiempo se le volvió legendario, como una oblea de lo múltiple que se adhería a cada cosa de esa bella comarca.

La población con la que entró en contacto le dio la impresión de ser a la vez más civilizada que la de los pueblos circundantes, y más salvaje. Se explicó la dicotomía diciendo que debían de haber superado cierto grado de civilización hasta llegar a un nivel en el que podían hacerla a un lado y ceder a sus inclinaciones naturales. Era un caso análogo a la situación, más corriente de lo que se creía, del que por tener mucho dinero podía permitirse las austeridades de los pobres, o del que por ser muy culto podía permitirse las felicidades de la ignorancia.

Pero hacía la salvedad de que no les daba a sus especulaciones más que una seriedad relativa, o más precisamente una seriedad lúdica. No quería que el niño al que le decía todo esto lo tomara por uno de esos irresponsables que después de estar unas horas en un país extranjero y echarle un vistazo superficial se creían habilitados para filosofar sobre el carácter nacional.

El niño lo oía con la distracción agradecida del que se siente acompañado por una voz amiga, y se detenía aquí y allá a recoger una piedrita. El santo había notado que las piedritas que alzaba eran todas parecidas, y se le ocurrió la idea poética de que eran las que habían dejado para marcar el camino los fantasmas del tiempo.

A todo esto, casi sin darse cuenta, ya estaba ahí. Le venían a la conciencia, aisladas y deshilachadas, frases como «Me parece un sueño estar al fin aquí», o «No puedo creer que haya llegado», y al mismo tiempo que oía el eco que dejaban en su cabeza se preguntaba qué querían decir. Porque a priori ese lugar no había sido una meta o un objetivo. El día anterior ni siquiera sabía que existía. No era hombre de creer en predestinaciones ni intuiciones a futuro. Su profesión lo había condicionado a los datos objetivos del presente. Los milagros obedecían a un riguroso protocolo de pruebas, que no admitían lo irracional. Considerando lo cual, adjudicó esta atmósfera de «llegada» que se respiraba en el país a su propio cansancio y a la determinación de tomarse unas vacaciones. Pero él nunca se había tomado vacaciones, que en la Edad Media eran un flagrante anacronismo. No obstante lo cual habían sido una aspiración perenne, siempre frustrada en los hechos, lo que era comprensible ya que la existencia misma de los hechos anulaba la vacación. Quizás había llegado la hora. Al pensarlo, vaciló, en el umbral (sin tomar en cuenta que ya lo había traspuesto hacía rato): a los lugares que hacían realidad los sueños era fácil entrar, difícil salir. La entrada se le franqueaba al soñador despierto con la promesa de lo desconocido, de historias que todavía no le habían contado. Pero al punto se activaba un sistema de válvulas, que se iban cerrando a su espalda a medida que él pasaba. Había que avanzar porque no existía otro camino. Sin embargo, la «huida hacia adelante» no podía mantenerse indefinidamente. Tenía que haber un desenlace, las moléculas del movimiento debían reunirse para formar el cuerpo inmóvil del sentido.

Si bien el santo se había acostumbrado a confiar en sus propias fuerzas y no hacerse ilusiones sobre la colaboración del prójimo, y se lo inculcaba al niño, sabía de todos modos que había límites a las fuerzas individuales. Si alguna vez quería salir de ese país delicioso, donde había decidido que sus sueños se harían realidad, no le sería tan fácil ni estaría desprovisto de peligros. En efecto, al entrar a uno de esos lugares el hombre se despojaba de las cautelas y defensas que lo acompañaban en su vida corriente. Llevados por la inerradicable ambición de la felicidad, dejaban caer todo lo aprendido afuera, donde había tenido que suplir los defectos de la realidad con trucos y mañas. Se internaba desnudo, expuesto, no había otro modo de recibir los dones; tampoco lo acompañaba el temor, porque al fin vivía la plenitud de su pensamiento. Pero afuera el resto del mundo seguía existiendo, y lo esperaba, con paciencia de animal, sabiendo que cuando volviera daría los primeros pasos perfectamente indefenso. No le daría tiempo para adaptarse. La única solución era hacerse acompañar por alguien poderoso, o al menos con influencia, que lo protegiera. Un guardaespaldas de confianza. Encontrarlo sería la primera tarea, decidió el santo, así se sacaba el problema de la cabeza y podía disfrutar de lo que le ofreciera el encantamiento. Con este propósito en mente empezó a frecuentar las altas esferas (de otro modo habría seguido la tendencia marcada por su formación cristiana y habría ido hacia los humildes).

XV

Una sombra caminaba por la ciudad, mezclándose con la gente que iba y venía y llenaba las calles. Éstas no eran más que pasadizos de líneas torcidas; se abrían en anchas plazas donde pastaban camellos. La arquitectura artesanal promovía formas cambiantes, con la arcilla de la construcción reflejando la luz de las estrellas. Las noches eran claras, los astros se confundían con los farolitos azules de los musulmanes. Sordas campanadas, a lo lejos, se mezclaban con los compases de los laúdes de una sola cuerda de los mendigos. Un murmullo constante envolvía a la muchedumbre en movimiento. Nadie veía a la sombra antropomorfa, o nadie le prestaba atención, aunque la habría merecido: le faltaban una pierna y un brazo. Aun así, caminaba normalmente, esbelta, flexible, como si lo que le faltaba la hiciera más ágil y elegante. Vista desde cierto ángulo no parecía tener espesor. El que se hubiera acercado lo suficiente para tocarla habría podido comprobar una de dos cosas: o bien que era intangible y la mano que quería asirla pasaba al otro lado, o bien que la recubría una pelusa suavísima cuya titilación oscurecía más aún el negro profundo que era todo su cuerpo.

El santo la seguía a cierta distancia. Aun entre el abigarrado gentío que colmaba las callejuelas habría sido difícil perderla, porque era un hueco, un verdadero agujero de humanidad. Había participado en muchos partidos de sombras, había ganado algunos, perdido otros.

Las noches clarísimas invitaban a salir, y parecía como si todo el mundo hubiera aceptado la invitación. El calor cedía a una frescura inmensa. Por momentos caía una nieve algodonosa, fenómeno nada inusual en las noches de la jungla. Los copos se adherían a la pelusilla de la sombra y se volvían incandescentes por un instante.

La perdió al llegar a un gran espacio abierto donde se celebraba una feria o mercado nocturno, muy concurrido y con mucha actividad. Gran cantidad de quioscos precarios ofrecían los frutos de la tierra y el agua, así como del ingenio humano. Este comercio, empero, parecía marginal a lo central del evento, que no era una sola cosa sino al menos cuatro, en tinglados que se alzaban en los lados opuestos de la plaza, abiertos por el frente. Todos estos espectáculos estaban muy concurridos por un público que se desplazaba con displicencia de uno a otro sin esperar finales o desenlaces que no debían de existir. El santo supuso que serían de carácter religioso; la atmósfera reinante no se condecía con el rigor de los rituales, pero suponerles una intención artística habría estado fuera de lugar. Tampoco debían de ser muy importantes, ya que el resto de la ciudad, que había atravesado siguiendo a la sombra, seguía su vida nocturna normal. Pero atraían lo bastante como para que se instalara a su alrededor todo un comercio oportunista. Y no sólo comercio: malabaristas y músicos contribuían a la algarabía general. Se asomó a uno de los tinglados, sin entrar, y vio a un recitante sobre una tarima. Se volvió y miró de lejos el de enfrente: el público sentado en el suelo contemplaba cuadros vivos o trompe-l'oeils. Se quedó sin entender de qué se trataba todo. No se esforzó por entender: eso habría sido un acto de arrogancia, al ser un viajero que apenas horas antes había entrado en contacto con una civilización ajena. La diferencia entre culturas promovía una gran humildad, una culta ignorancia que lo eximía de todo esfuerzo intelectual. Su mente reposaba en el tumulto variopinto.

Se le antojó tomar un refresco, para completar su bienestar. En un puestito vio que se vendían bebidas de fruta muy tentadoras. También lo atrajo el detalle de que ese puesto tenía un banco largo donde su clientela podía sentarse, y él estaba necesitado de descansar un rato. Así que allá fue, compró dos cuencos y se sentó. Mientras degustaba el néctar paseaba la mirada por la gente que iba y venía, o se estacionaba en grupos. A la luz móvil de los faroles, de una Luna sobredimensionada que seguía suspendida en un cenit ambivalente, y de las lucecitas blancas de los globos que consumían el aceite de coco, los presentes lucían un modo de aparición que los favorecía. La belleza natural de lo humano excitaba en el santo una sensibilidad que hasta ese momento ignoraba que tenía. Tan absorto estaba en la contemplación que tardó un rato en advertir que había alguien sentado junto a él en el banco. Miró, y vio que era una bonita joven que a su vez lo miró con una sonrisa tímida. La saludó y se disculpó por su distracción. Había tomado asiento sin fijarse si el lugar estaba ocupado, o reservado para un acompañante de ella… Acentuando su sonrisa cortés la mujer le dijo que no tenía de qué disculparse. Estaba sola, no esperaba a nadie, y no la molestaba en absoluto.

Tras lo cual se abrió un suspenso que invitaba a iniciar una conversación. Quedó trabado durante unos segundos. Le convenía entablar contacto con un nativo, para irse aclimatando, pero no dominaba el arte de la charla casual con desconocidos. Y al tratarse de una mujer, joven y bella, sus iniciativas podían prestarse a una interpretación dudosa.

Mirándola con verdadera atención por primera vez, no supo si la encontraba tan atractiva porque lo era en realidad o porque él se había puesto, o lo habían puesto las circunstancias, en clave de benevolencia. El modo en que todos a su alrededor parecían disfrutar de la situación le hacía pensar que había caído en el país de la fiesta, como un paraíso infantil, y así era fácil emitir juicios positivos sobre todo y todos. ¿Pero qué papel cumplía? En un primer momento la tomó por una asistente del cantinero, que se había sentado a descansar. Lo fino de sus rasgos y la riqueza de su vestido claro bordado en oro no habrían bastado para contradecir esa suposición. En un mundo distinto, los pobres y los que ejercían tareas serviles podían tener el aspecto y la indumentaria de los aristócratas. Pero no tardó en pasar a otra hipótesis más probable: se había sentado allí por estar sola y no conocer a nadie.

Salió del impasse preguntándole qué clase de ceremonias se estaban realizando allí. Le respondió que eran eventos que se celebraban periódicamente, lo que no aclaraba mucho. No pretendió profundizar, porque sospechaba que sería difícil y en realidad no le interesaba tanto. Le informó en cambio que era extranjero y que acababa de llegar. Recibió como todo comentario una afirmación muda que quizás significaba que ya lo había sospechado. Así siguieron un rato. Ella se esforzaba visiblemente en sostener la conversación, como con temor de que él se aburriera y se levantara y la dejara planchando como la había encontrado. Él, a decir verdad, no ayudaba mucho. Los modales desenvueltos que había adquirido durante el viaje no terminaban de cubrir la precariedad social producto de una larga vida entera dedicada a la solitaria producción de milagros.

Al fin, y no por otro motivo que el agotamiento de temas, le preguntó cómo se llamaba.

—Poliana.

—¿Ah sí? ¿Igual que la reina?

La joven, siempre con su sonrisa amedrentada, le dijo que era la reina, lo que lo sumió en un mar de confusión.

—¿La reina Poliana?

Con una sonrisa como pidiendo perdón, pero a la vez reivindicando algo que era suyo, cuando todos le decían que no tenía nada:

—Sí.

Lo primero que pensó, y era lo primero que se podía pensar, fue que estaba en presencia de una orate con delirio de grandeza. Pero no tuvo más remedio que descartarlo, en parte porque la muchacha no daba ese perfil patológico, y en parte porque era una explicación demasiado fácil, casi un insulto a su inteligencia. Por lo mismo había que desechar la posibilidad de que estuviera queriendo embaucarlo: no habría tenido motivo alguno para hacerlo. Más razonable era suponer que «Poliana» era un nombre común en el país, y que la palabra «reina» se usara aquí en una acepción distinta, aunque derivada de la de «jefe de Estado». Por ejemplo podía tratarse de una reina de belleza, o la reina de la fiesta, o algo por el estilo. Un hombre podía llamar a su amada «mi reina», lo que era sólo a medias una metáfora, porque si el amor era verdadero él la veneraba como su soberana, ella «reinaba» en su corazón. En fin. Tratándose de una civilización de la que no sabía nada, podía ser cualquier cosa.

XVI

Pero resultó que era la verdadera reina Poliana. Cuando la conoció mejor, cosa que no tardó en suceder, vio que no había de qué sorprenderse. Las condiciones en que ejercía su reinado explicaban de sobra su aspecto desamparado tanto como su ansiosa procura de compañía. Y no eran sólo las condiciones objetivas históricas las que la ponían en esa situación sino, principalmente, las que emanaban de su persona. Fallas invencibles en el carácter, que la corona no podía soldar, la condenaban a la inadecuación. Pero el humilde anonimato con el que se desplazaba entre sus súbditos era un accidente engañoso; la humildad era involuntaria en ella, y resbalaba por la superficie de un alma en la que se mezclaba de modo caótico con el miedo, la suspicacia, el resentimiento, el complejo de inferioridad y las exigencias éticas como excusa para la inacción. La clave de este rompecabezas se la dio ella misma al santo antes de que él empezara a buscarla. Usaba la confesión plenaria como defensa anticipada y reserva de agresión. La clave era la madre, con la que mantenía una relación ambivalente. Debía de ser una especie de monstruo, pero no por ello se apartaba de las generales de la ley de las madres. Sin querer o queriendo había hecho de todo para desalentar en su hija el desarrollo de una vida adulta e independiente. No le había resultado difícil aislarla en una cápsula de enrarecidas suspicacias, ya que colaboraban las inclinaciones naturales de Poliana. Exigente y quisquillosa, la joven reina se apartaba de un mundo en el que no encontraba más que corrupción, privilegio, malas intenciones, envidia. La soledad constituía la opción lógica. Pero algo en el fondo de su corazón, donde se alojaba la inextinguible sed de amor, se resistía. Esa noche, dijo, aun sabiendo (o justamente por saberlo) que había celebraciones y que toda la ciudad estaría en las calles engalanadas, había pensado en acostarse. Estaba por hacerlo cuando a último momento decidió asistir. Una vez allí, su parte oscura volvió a tomar la delantera, y se sentó en un rincón, dudando entre irse sin más demora, o quedarse un rato más (¿para qué?, se preguntaba). Fue entonces cuando el desconocido vino a sentarse a su lado.

Esa noche el santo pudo saberlo todo sin tener que hacer preguntas ni mostrarse muy interesado. Poliana era un libro abierto. No cultivaba el misterio. La madre era la figura dominante en su vida, no sólo por su influencia formativa sino por la presencia económica que seguía ejerciendo. «Dependo de ella», fue la fórmula que usó la joven. La corona se transmitía por la línea femenina; la madre había sido reina antes que ella, y había abdicado en su favor cuando Poliana tenía apenas cuatro años. No innovaba, porque a ella su propia madre le había hecho lo mismo. Poliana había vivido toda su vida como reina, pero sin ningún poder efectivo y, según ella, sin que nadie se lo agradeciera. El poder lo ejercían sacerdotes y generales, y aun éste era un poder nominal, pues el efectivo estaba en manos de poderosos comerciantes que eran los que en definitiva tomaban las decisiones que importaban. A primera vista sonaba raro que en ese país edénico de primogénitos de la Naturaleza prevalecieran los intereses económicos, pero eran estos intereses, férreamente dirigidos por un grupo pragmático, los que aseguraban la prosperidad en la que medraba lo edénico.

A Poliana la paralizaba la incapacidad para la acción, quizás innata, quizás fabricada para asegurarse de no tener que trabajar. Como a una reina no se le daban órdenes ni se le imponían tareas nadie se había molestado en corregir su indolencia, y ella había confundido la autosuperación con la autocomplacencia.

Se había dejado estar, cediendo a una tara de la voluntad, y llegada a la edad que tenía cuando la conoció el santo, treinta y dos años, empezaba a temer por su futuro. La madre, inmensamente rica gracias a las sabias inversiones que había hecho, mantenía a la hija con generosidad. No le negaba cosa alguna, siempre había sido así, con el resultado de que Poliana no había hecho nada por crearse una posición. Y se daba la desdichada circunstancia de que no heredaría: la madre había hecho fortuna prendando sus propiedades con los generales, y los bienes revertirían a ellos cuando muriera. El horizonte de su hija era sombrío. Ser reina no la ayudaba en el plano económico, al contrario, la inhibía de sacar provecho de los bienes intangibles de la corona. Otras reinas antes que ella, y su madre era un buen ejemplo, habían sabido sacar partido de esta situación, cerrando los ojos ante los negocios de los proveedores del Estado, y cobrando por hacerlo. Ella se había preferido incorruptible, más por comodidad que por genuina convicción, y veía con no disimulado terror la perspectiva de la falta de la madre y la desvalidez. (No era una especulación abstracta, ya que la salud de la vieja ex reina era precaria. El santo la conoció, la única vez que Poliana lo llevó a verla; era una mujer bastante formidable, pero visiblemente habitada por la muerte.)

En la familia real los hombres cumplían una función marginal, bastante regalada. Al padre de Poliana lo habían casado con la madre con el único propósito de engendrar en ésta una hija mujer que heredara el cetro. Los dos primeros vástagos fueron varones. Cuando el tercero fue mujer, la utilidad del marido cesó, y se consumó el divorcio. Para él fue pura ventaja, porque en razón del servicio prestado la corporación comercial le daba una manutención de por vida, extensiva a sus hijos varones (que podían considerarse accidentes de trabajo). El padre y el hijo mayor se habían conformado plácidamente a esta situación, y llevaban una vida de ocio. El segundo en cambio había tomado el camino del trabajo, por inclinación personal o ambición, y había llegado a ser uno de los hombres más ricos del país.

Un detalle en este relato dejó intrigado al santo: ¿la comunidad no había hecho, o no haría, objeto a Poliana de un matrimonio que asegurara la sucesión, como habían hecho con su madre? No, no sería así, porque en los años transcurridos de una generación a la siguiente esa costumbre bárbara había caído en desuso. Habían bastado unas pocas décadas para que se la viera como una reliquia ancestral de épocas remotas y rituales supersticiosos. Ella por su parte estaba decidida a no tener hijos, no sentía la menor atracción por la maternidad y sus instintos conexos. Cuando muriera, el país ya habría encontrado un sistema de gobierno más civilizado.

Al santo le parecía poco natural esta postura, si bien él al hacerse monje también había desistido del matrimonio y los hijos. Pero Poliana, joven, bella y libre, estaba renunciando sin motivo a las realizaciones y felicidades propias de su sexo. Sin arriesgarse a un análisis psicológico que habría sido prematuro dada la media hora escasa que llevaba de conocerla, supuso que su corazón se había cerrado por el ejemplo de sus padres, apareados por razón de Estado, sin amor. Ella también había hecho el camino de la barbarie a la civilización, trayecto que había sido su vida y había hecho de su alma un desierto.

Dejando el banco donde habían estado sentados, y dando la espalda a la algarabía de la feria y al movimiento de las calles adyacentes, se introdujeron en la oscuridad apartando las enredaderas que colgaban como cortinados. Ella lo conducía, con el instinto seguro de una prolongada familiaridad. Su conocimiento de los repliegues más íntimos de la ciudad desmentía su egocentrismo y sus proclamados desdenes por el mundo y la sociedad que la rodeaban. Ya habría tiempo para desentrañar esas contradicciones.

Salieron a una zona de un agreste nocturno, vacía de gente. En el silencio, atronaban insectos y pájaros desvelados. Un río estrecho corría a sus pies en la oscuridad. Los perfiles de las montañas se recortaban sobre un fondo estrellado. De sitios lejanos, aquí y allá, se elevaban columnas de humo que la Luna espolvoreaba de blanco en los bordes temblorosos. El santo estaba extasiado ante ese paisaje de sombras; se había olvidado de la mujer que tenía al lado. La recordó cuando ella le pidió que lo siguiera por un sendero que serpenteaba siguiendo la orilla del río. Lo cruzaron por un puente en arco, y un poco más allá, entre arbustos que exhalaban humedad y olor a anís, había una construcción sin paredes. Unos hombres jugaban a los dados en la oscuridad; Poliana los saludó y habló unas palabras con ellos. Parecía conocer a todo el mundo, lo que se diría que entraba en sus funciones de reina, pero, como después comprobó el santo, era fruto de una simpatía social a la que no sabía sacarle provecho. Esta capacidad derivaba de la eterna busca de amor, siempre frustrada, la ingenua convicción de que la oportunidad podía estar en cualquier parte, en cualquier momento, y la menor distracción se la podía hacer perder. Era el motivo por el que había asistido esa noche a la feria. Se sentaron, les trajeron algo de beber, y pudieron conversar sin tanto ruido alrededor.

XVII

No era el único lugar pintoresco y oculto que conocía: los conocía todos. Por algunos comentarios casuales que hizo, el santo dedujo que había estado allí de niña con sus hermanos, o con algún noviecito, con funcionarios de gobierno en alguna aburrida ceremonia, en escapadas solitarias. A pesar de su juventud, había tenido una experiencia muy variada, pero de algún modo la neutralizaba en la melancolía. El conocimiento que mostraba de los rincones escondidos de su pequeño reino provenía de algo más que la experiencia. O bien era una experiencia creativa, como si su presencia abriera el espacio en formas de belleza. El tiempo también parecía abrirse en capullos imprevisibles cuando ella llegaba. Siempre tenía tiempo para él, todo el tiempo del mundo, y siguió teniéndolo aun cuando el tiempo se volvió el protagonista de la relación.

El santo no le preguntaba directamente si no tenía nada que hacer. Se quedaba con la intriga, que no era poca. Su idea de un jefe de Estado o testa coronada no coincidía para nada con esta joven desocupada, siempre disponible para paseos o picnics o para pasarse horas charlando.

Dondequiera que ella fuese (y ahí debía de estar el secreto de la precisión de sus ubicuidades) una claridad la iluminaba; podía provenir de la Luna o del Sol, según fuera de noche o de día. La hacía resaltar, sin necesidad de ser una luz muy intensa. Era una luz que se parecía más a la sombra que a la luz, pero la envolvía, a ella y sólo a ella, a sus contornos y sus movimientos. El santo empezó a observarla con atención; no podía hacer otra cosa, por esos recortes de la iluminación. También era una iluminación de tiempo. Era como si Poliana tuviera una técnica especial que la hiciera coincidir siempre consigo misma. El santo pensaba con asombro en lo rápido que se creaban rutinas, pequeñas tradiciones secretas, entre dos que se hacían compañía. Estaban los lugares favoritos que compartían, y los momentos favoritos a los que volvían.

Se besaron, en las sombras de ese mundo encantado. El beso los ocultaba a todo el mundo, ¿o era que a nadie en el mundo le importaba? Poliana le había dicho que aun cuando había renunciado a formar una familia, no se había privado de probar la pasión, la mayoría de las veces con extranjeros de paso. Sus súbditos, decía, aunque capaces de brindar toda la satisfacción sexual que se les pidiera, eran seres brutales, primitivos, de los que no se podía esperar nada después del último estertor del orgasmo. Al santo, por lo poco que había visto del país, le había dado la impresión contraria, de seres refinados y de una particular delicadeza en el trato. Pero no quiso discutirle: ya estaba aprendiendo que Poliana era de esas personas que se aferran de una vez para siempre a sus opiniones.

Con todo, sospechaba que la entrega era la misma, con una clase de hombres y con otra. No podía ser de otro modo: había una sola entrega en el mundo. No era una mujer más la que se entregaba: era la reina. El desvelamiento de su cuerpo abría las puertas secretas de la Naturaleza, de sus valles y montañas y de las fórmulas con las que podían seguir haciéndose valles y montañas. Pero también era una mujer, quizás como todas las demás. Habían sido muy pocos los hombres que llegaron a gozar de sus indudables encantos. Decía haber llegado tarde al sexo, por desconfianza hacia los hombres. Durante los años de su adolescencia persistía el estado de cosas arcaico, que había hecho casar a su madre con un hombre que no amaba, con meros fines de reproducción. Aunque ya entonces se multiplicaban las críticas que hacían prever la caducidad de esas supervivencias primitivas, seguían formalmente vigentes, y no podía olvidar que ella había salido de ahí. Como en todos los procesos de cambio cultural, la atmósfera de la sociedad estaba envenenada por relatos contrarios. Nunca pudo explicarse cómo tuvo el valor de perder la virginidad. Era como si lo hubiera hecho en sueños.

Para terminar de llenar el arcón de sus miedos, había estado la tradición del incesto ritual en la familia del trono. Se suponía que de ese modo el padre cobraba su premio por haber procreado, y sólo entonces desaparecía de la escena. La madre de Poliana había sido víctima de esta costumbre, cuando ya caía en desuso. Los biempensantes del país la empezaban a ver con malos ojos. Pero los conservadores resistían, con el argumento de que la disolución de los vínculos podía vaciar de sentido a la institución de la familia. Se decía que el padre incestuoso no tenía alternativas, si no quería cometer actos contra natura con un hijo varón. En efecto, la hija era la única hija mujer. Podían nacer diez hijos varones de la pareja real, pero no bien nacía una niña cesaba la procreación. La reina nunca tenía hermanas. No eran argumentos muy consistentes, pero no había otros.

La relación de Poliana con el sexo opuesto estaba perturbada por estas historias. Le había tocado un momento de cambio, al que sus súbditos se acomodaban con naturalidad, mientras que ella, por el peso simbólico que transportaba su persona, había quedado a medio camino. El santo, juzgando por el relato del sistema sucesorio, creyó que ella había cortado toda relación con su padre y sus hermanos. Lo creía tanto más cuanto la había oído calificarlos de seres vulgares, interesados solamente en el tiro con arco, en la matanza de animales, y en general en un ocio improductivo. Desaprobaba el ejercicio físico violento, y casi todo ejercicio físico, y su desaprobación del ocio no se condecía con su notoria indolencia. Eran la clase de hombres, decía, que no se hacían ningún problema por vivir sin amor. Seguramente porque sus mentes bastas no acertaban siquiera a imaginar lo que era. Un sentimiento algo sutil siempre estaría fuera del alcance de sus manazas callosas. No podía esperar nada de ellos.

Pero sí podía, al parecer, porque como le dijo poco después había tendido algunos cables en esa dirección, siempre pensando en la posible desaparición de la madre. Sacaba un seguro (bastante dudoso) de protección, sobre todo en vistas del segundo hermano, el que había hecho fortuna. Decía necesitar muy poco para vivir, y los poderes fiduciarios de su hermano eran inmensos. El cálculo no le era del todo ajeno. Y sus pequeñas maniobras, que el santo anticipaba inefectivas, estaban todas a la vista. Si lo estaban para él, un recién llegado, mucho más lo estarían para esos sujetos, que debían de ver bajo el agua. Casi llegaba a lamentar que Poliana fuera tan transparente, porque no le daba ocasión de ejercitar su perspicacia psicológica: ella adelantaba las respuestas antes de que él empezara a esbozar la pregunta.

Se explicó así por qué ella no quiso que conociera al padre, y arriesgara el ridículo para evitarlo. Sucedió un día que paseaban por la parte más poblada de la ciudad. Era la hora de la tarde, después de la lluvia, cuando todo el mundo había salido. Debía de estar muy atenta porque divisó entre el gentío innumerable a su padre, que estaba sentado en un banco en la calle charlando con un hombre de su edad. Al punto mandó doblar y tomar por un camino alternativo para no cruzárselo y que la viera. Fue tremendamente incómodo. Llevaban un cortejo muy numeroso, y tratar de negociar esas atestadas callejuelas laterales con los elefantes y palanquines y las literas de las doncellas y la tropa de la guardia real causó embotellamientos, demoras, gritos de indignación y una prolongada demora. Lo peor fue que a la vuelta el padre seguía sentado en el mismo sitio, charlando con otro hombre, y pasó lo mismo.

Quizás no iba hacia ellos sólo por interés, sino en busca de un resto arqueológico del pasado, y eso explicaría la relación ambivalente. Todo esto lo decía con una sonrisa, sin patetismo, como un niño culpándose por haber roto un juguete.

XVIII

La reina se decía experimentada en la pasión, en cuyos fuegos se había quemado muchas veces; pero lo que sentía por él iba más allá: era amor. La pasión misma se fundía, en el fuego de una calma celestial, tomando formas nuevas que apenas empezaba a reconocer. Ponía en él la inmensa tristeza del mundo, el tesoro que había venido guardando, como si lo esperara, como si hubiera sabido que iba a llegar a su vida. Lloraba al decirlo, y las lágrimas bañaban el pecho del santo como el agua del éxtasis. Él era de esos hombres que no concebían el sexo sin amor, y en este caso ambos se dieron a la vez, en una coincidencia que provenía del ambiente y de las razones de la aventura. La vagina de Poliana era tanto parte del sexo como del amor, eso el santo lo sentía en todo el cuerpo cuando la penetraba. Era un canal estrecho, como si hubiera sufrido muy pocas intrusiones, y éstas furtivas, sin una verdadera consciencia del volumen. Pero se abría a su embate como lo habría hecho una flor en los estadios sucesivos de su desarrollo, pétalo tras pétalo, con rocíos giratorios. En brazos del santo la elegancia delgada de la joven revelaba un espesor de deliciosas superficies. Podía pasarse la vida renovando las caricias. Siempre había una oscuridad amiga para ellos, sombras y luces que cambiaban en las vueltas y revueltas insaciables. Besos profundos, impetraciones del tiempo, juegos sin objeto: había un momento, que no tenía nombre pero era lo contrario de la interrupción, en que la entrega se volvía sobre sí misma y evolucionaba.

El miembro viril del santo fue objeto de una contradicción que le causó no poca intriga a él mismo. Después de las grandes erecciones, a veces rojas y furiosas, volvía a su estado normal. Al menos él creía que era así. Pero Poliana, montándose a él con risas y rubores, exclamaba ¡¿Nunca va a descansar, esta cola del diablo?! Y actuaba como si la erección persistiera, cosa que en el revoltijo de los cuerpos era imposible de comprobar, pero a juzgar por lo que estaba pasando era cierto. El santo sabía que en las cuestiones más bien sutiles de la relación sexual era difícil decidir, por el choque de interpretaciones o las distintas acepciones de las palabras que se empleaban. Pero una erección era lo que menos se prestaba al ilusionismo. Estaba o no estaba, y la intensa materialidad que era su esencia no jugaba a las escondidas.

En una contradicción más de esa alma hecha toda de intensidades, Poliana mostraba menos interés que él en el sexo. Cuando después de un paseo o una comida se quedaban solos y se acostaban, y él la abrazaba, pegándose a su cuerpo para que sintiera a las claras cuál era su disposición, ella, soñolienta y sorprendida, le preguntaba qué estaba haciendo. ¿No era evidente? Sí, lo era, Pero lo apartaba, otra vez asombrada de que él fuera tan inoportuno, tan intempestivo. Había un tiempo para cada cosa, turnos vitales que respetar. Él no entendía. Ella se dormía plácidamente sin más explicaciones. No había nada que explicar, justamente cuando ella estaba explicándose todo el tiempo. Su cuerpo llevado por el sueño era una conformación tan rica en sentidos que el santo nunca llegaba a descifrarlos todos.

En realidad nunca se quedaban del todo solos. Había una multitud de esclavos, azafatas, guardias de seguridad, dando vueltas alrededor día y noche. La reina estaba acostumbrada, porque siempre había vivido así, pero él al principio se sentía un tanto incómodo; después empezó a ver esa población como un complemento de los placeres que le entregaba su amante. Sobre todo porque en ese clima cálido predominaba la falta de ropa, y todos parecían jóvenes y bien formados. La arquitectura del pabellón donde habían hecho su nido de amor contribuía a las visiones que parecían provenir de sueños de la Antigüedad, o volver a ellos. Era una estructura en la que el exterior se fundía con el interior, no sólo por las aberturas y galerías descubiertas sino porque cuanto más se penetraba en ella, en sus divisiones y vueltas, más se entraba afuera. Los ruidos de la selva se modulaban en gamas de silencio, creando una nueva forma de intimidad.

El desvelamiento de Poliana se revestía de un pudor trascendental. El santo amaba contemplarla en ese estado, y ella le daba el gusto como a un niño. Le hizo algún comentario sobre su rara perfección. ¿Era consciente de ella? Le contó que lo había sabido una vez, muy joven, en una ceremonia en la que debía representarse a sí misma. Pero, muy en su estilo pesimista, decía que la belleza no duraría: la edad no perdonaba, los pechos se le caerían, las caderas se harían pesadas, los pies se volverían negros. Más razón, decía él, para gozar el presente fugitivo. Pronto estuvo viéndola exclusivamente en términos de amor; identificaba el amor con lo que estaba sucediendo. Esbelta, graciosa, la rodeaba un aura de promesas sin fin, desmintiendo al futuro. Y cuando se recostaba, invitándolo, y dejaba que él le separara las piernas para que apareciera el triángulo de vello casi transparente sobre la abertura rosada, la muchacha se transformaba en mujer, en madre, capaz de hacerse la dueña del santo y de todos los hombres que se agolpaban en él.

Le dijo que había un monte desde cuya cumbre, apoyada contra las nubes orientales, se podía ver todo el reino, en toda su extensión y en todos sus detalles. Le pareció una exageración, y así se lo dijo. Sobre todo cuando ella agregó que era un paseo favorito de sus súbditos, que subían por las tardes para ver la puesta de sol. No dudaba que se veía un paisaje extenso, que promovería esa clase de exaltación a bajo costo de toda vista desde lo alto, abarcadora y de dominio imaginario. Pero de ahí a afirmar que se veía todo el reino había una diferencia. Si bien era un país pequeño e íntimo, sus ríos y montañas, sus aldeas y ciudades y fortificaciones, los valles, las selvas y desiertos, no podían ser algo que se abarcara desde un solo punto de vista. No había puntos así, la geometría más elemental lo negaba. Ella insistió en lo que había afirmado y le prometió llevarlo, esa misma tarde.

—¿Pero es una excursión de varios días? ¿Dormiremos allá?

—No. Subimos y bajamos.

Sacudió la cabeza con escepticismo. Si era como ir a buscar agua y volver, la vista en modo alguno podía ser tan grandiosa. Se confirmó en la idea por la hora displicente en la que salieron, cuando el Sol ya bajaba, con el habitual cortejo de personal, animales y aves enjauladas. Para sorpresa del santo, el monte estaba a pocos pasos del pabellón; salieron por una puerta trasera del parque, que daba a una avenida muy transitada, ahí mismo se iniciaba la subida, por un sendero de curvas cerradas y empinadas; los cargadores debían de estar acostumbrados porque lo hacían al trote y anticipando sin error cada vuelta con un cambio de respiración. En unos minutos desembocaban en la cumbre, que se veía muy concurrida. Había fuentes de refrescos, familias merendando, y esos desocupados que dormían siestas en cualquier parte y que constituían un rasgo infaltable de color local.

La reina lo tomó de la mano y lo llevó hacia el borde. Había una amplia superficie ligeramente inclinada, recubierta de una estera, que terminaba en el vacío, dispuesta para que se sentaran los visitantes. Avanzaron un poco y se detuvieron. El santo abrió la boca y se sumergió en la contemplación. Ya antes de terminar de absorber lo que veía supo que Poliana no se había equivocado ni había exagerado. El reino entero estaba allí a sus pies, como un diorama hecho de distancias y perspectivas. ¿No era lo que ella le había dicho? ¡Qué presunción la suya, no haberle creído! Había puesto por delante una lógica de mercader, de calculista mezquino. Ella era el tesoro de su reino, y a él no le costaba nada creer todo lo que le dijera. Así su cerebro podría descansar al fin.

En ese momento comenzaba la procesión roja en el cielo.

XIX

Trató de apartar ciertos pensamientos de su mente. El amor daba mucho que pensar, lamentablemente. Él «no concebía el sexo sin amor». Lo había pregonado, y había sido aplaudido como modelo de hombre, ejemplo para tanto cínico y oportunista. Pero bastaba pensar un momento la frase para advertir que implicaba una masiva devaluación del amor, al volverlo un accesorio del sexo; en efecto, según la declaración éste podía ser «sin» amor o «con» amor, pero en ambos casos el sexo seguía siendo lo sustancial, y el amor un adorno bienintencionado que podía estar o no estar. Y no importaba que fuera un accesorio imprescindible para el hombre de bien: aun así era un accesorio.

¿Pero no eran juegos de palabras? ¿Para qué pensar? ¿No le bastaba con lo que había fuera de su cabeza, y se le ofrecía como una cornucopia? El tesoro del mundo, la riqueza inagotable, se estaba entregando ahí afuera. Pero se ofrecía justamente para ser procesado dentro de la cabeza y producir felicidad. Y ese procesamiento había que hacerlo mediante el pensamiento.

Quizás había que ir más a fondo y cuestionar el imperativo que mandaba al hombre a ser feliz. Si se lo hacía bien y con método podía tambalearse todo el edificio de la realidad, y entonces… Pero ya estaba pensando de nuevo.

La reina Poliana, exceptuando los momentos en que obligada tenía que presidir ceremonias y cónclaves, le dedicaba todo su tiempo. Le hizo conocer los lugares más pintorescos de su pequeño dominio. Mil reinas antes que ella habían amasado el tesoro que llenaba la caja de juguetes. Y lo preservaban con toda clase de recursos ingeniosos. Habían ideado, por ejemplo, un método de prevenir catástrofes. En una montaña equidistante entre las dos ciudades principales tenían un pavoroso incendio que devoraba el bosque y amenazaba las aldeas vecinas. Lo llevó a verlo. Lo tenían encendido en la creencia de que habiendo un incendio de semejantes proporciones en un punto del reino, sería estadísticamente improbable que estallara otro en otro punto. Para que no fuera un mero simulacro, que no habría engañado a la estadística, había estampidas de animales huyendo despavoridos del fuego, y aldeanos desesperados tratando de salvar sus pertenencias, además de las brigadas de voluntarios haciendo un patético e infructuoso esfuerzo por apagarlo. El espectáculo era imponente, las llamas lanzaban lenguas rojas que espantaban las nubes, el humo giraba en torbellinos negros que danzaban como fantasmas colosales.

Lo mismo habían hecho con el otro flagelo natural del país: las inundaciones. En un cruce de ríos, no lejos del incendio, se habían procurado mediante embalses ocultos una creciente alta y destructiva que si en unos sectores era una visión de angustia por los habitantes ribereños que lo habían perdido todo o habían quedado aislados en los techos y tenían que ser socorridos en canoas, en otros creaba un paisaje lacustre de cierto encanto triste, con patos y nenúfares y árboles que se pudrían lentamente con el agua hasta la mitad del tronco.

Más curioso que estas invenciones fáciles y de dudosa utilidad era un fenómeno que Poliana lo llevó a conocer. Se llamaba El Agujero en el Mundo, y respondía a este nombre, o más bien, como terminó pensando el santo, no era más que el nombre. Estaba cerca de la capital (pero todo estaba cerca). En el camino la reina le contó la historia, que se remontaba a las eras lejanas de las Reinas Mangostas. Unos campesinos habían empezado a cavar una fosa para un muerto de la familia. Promediando el trabajo se detuvieron espantados: se dieron cuenta de que no estaban haciendo un mero hoyo en la tierra como creían, sino que estaban abriendo un agujero en el mundo. Si seguían, podían crear un vacío que atravesara de modo irreversible todo lo que conocían y amaban; y no era que conocieran ni amaran tanto, pobres campesinos rudos atados ancestralmente a su mezquino terruño y sujetos a la penosa rutina de la supervivencia. Pero el amor y el respeto al mundo eran más fuertes que las circunstancias sociales y culturales. Así que al punto interrumpieron la tarea y salieron corriendo.

—¿Entonces el Agujero en el Mundo no se consumó?

—Quedó en esbozo, por suerte, pero no por eso es menos elocuente de la fragilidad a la que está sometido todo lo que conocemos.

—Un agujero no iba a hacer mucho daño.

—Se habría perdido la perfección, y la perfección lo es todo para la realidad.

Al santo le había quedado suspendida una curiosidad.

—¿Dijiste que hubo una era de reinas alimañas?

Eran ciclos, dijo, probablemente casuales, aunque la creencia popular y la tradición les habían dado resonancia cósmica. Y quizás hubiera algo de cierto en eso, a juzgar por la puntualidad con que se sucedían las fases: eran cien generaciones de reinas peludas que ladraban, y cien de las otras.

—No necesito preguntar en qué momento del ciclo estamos ahora —dijo el santo, y su galantería derivó en risas y besos y llevó a que la reina, después de que cerraran las cortinillas del baldaquín, le acariciara el miembro a través de la ropa, y él, explorando a su vez en la zona correspondiente de ella, le dijera que podían volver porque ya había encontrado el único Agujero del Mundo que le interesaba. Así siguieron entre bromas y caricias. Contribuía a encenderles la sangre el balanceo que producía el trote regular de los portadores.

El famoso Agujero resultó un anticlímax, y de no ser por los jugueteos del viaje no habría valido la pena ir a verlo. Era, como su historia lo contaba, una fosa a medio cavar, con la tierra apilada a un costado en un montículo sobre el que había crecido una hierba blancuzca, hongos y arañas en el hoyo, y las palas de hueso que se habían usado para cavar yacían donde las habían tirado aquellos campesinos prehistóricos, carcomidas por los líquenes.

Así transcurrían esos días de idilio. Paseos que consumían mañanas y tardes, noches en las que el tiempo seguía el curso de los planetas errantes en un firmamento de cristal negro, una dicha que alzaba vuelo llevando consigo la inevitable melancolía. El santo se preguntaba, callando la pregunta hasta para él mismo, si eso era la vida. Y no podía menos que responderse que no. No había otro modo de vivir una historia de amor que como una interrupción de los trabajos y sobresaltos de la existencia. No se la podía poner en la serie de las causas y los efectos naturales, y como interrupción siempre estaría amenazada por la temática en curso. Se preguntaba también si con otra mujer habría sido lo mismo. Poliana era hermosa y voluptuosa, pero él no era tan miope o distraído (aunque quizás lo había sido en otra época de su vida) como para no saber que había muchas, muchísimas otras jóvenes tanto o más bellas, y dispuestas a satisfacer todos sus caprichos copulativos. Era cierto también que ella era una reina, y eso no era tan común. Sin embargo, cualquier otra mujer infaliblemente sería algo, y ahí su condición, en tanto particularidad, se equivaldría con cualquier otra, reina, mendiga, cantante o tejedora. Pero había una poesía implícita en esa coincidencia de hombre cualquiera (santo, criminal, labrador o tartamudo) y una mujer cualquiera. Debía de ser a esa poesía a la que llamaban amor.

El pensamiento, como siempre, lo llevaba un poco más allá de lo que debía. La particularidad de Poliana no era tan permutable como lo afirmaba el razonamiento anterior. Porque además de ser una reina, lo era de ese reino que le estaba haciendo conocer. Ella lo representaba, y por ese solo hecho ya era pensamiento, y el amor se inclinaba sobre las enredadas dialécticas de la razón como sobre un abismo.

No faltaban antídotos para ese peligro. Además de los sitios pintorescos y los monumentos de la locura popular que se les mostraban a los viajeros de paso, estaba el mundo natural, que el hábito había hecho invisible para los nativos, pero era inagotable en asombros admirables para el santo. Ya con la fauna y la flora había para entretenerse durante años. Y además estaba la ocasional mariposa azul, enorme y fugaz, que podía ser un alma.

XX

No habrían tenido por qué machacar tanto con el tema del Amor, que al santo le parecía una cursilería innecesaria, pero Poliana insistía, porque al haber intimado tan pronto temía que él pudiera pensar que ella era una mujer fácil, «regalada». Decía ser lo contrario: tan exigente que ningún hombre le venía bien, y si en algún momento la presión la había llevado a los brazos de uno era por atolondramiento, o por buscar más de cerca ese amor que no había encontrado... hasta que llegó él.

El santo se sentía halagado, aunque su natural modestia le impedía tomárselo muy en serio. No sabía qué podía haber en él para provocar sentimientos tan exaltados. Ella le encontraba un sinfín de virtudes, que no eran las que él habría elegido para hacerse admirar. Le elogiaba el estilo de vestir, tan sobrio y poco pretencioso, en contraste con el rebuscamiento de los galanes locales. A él jamás se le habría ocurrido que justamente ahí había un mérito, sobre todo porque no podía ser más accidental. En efecto, seguía con el camisón y las pantuflas con las que había saltado de la cama en el monasterio, la noche del atentado. En los climas cálidos a los que lo había arrojado la suerte ese mínimo indumentario había bastado. Era poco, casi nada, pero reconocía que en las pantuflas que le habían confeccionado las monjitas residía cierta virtud. Con la paciencia y el primor propio de ellas, que no tenían otra cosa que hacer, habían bordado en la capellada de tela blanca sendas escenas de la vida de Isabel de Hungría, la reina turingia y santa a la que ellas estaban consagradas. En la pantufla derecha la santa le mostraba a un caballero un cesto de rosas; en la izquierda, un ángel descendía hacia la santa portando un manto. Habría sido injusto pedir mucha exactitud en la representación de una escena bordada con hilo negro y gris (porque se habían abstenido del color, por respeto al destinatario de las prendas). Aun así no era difícil entender de qué se trataba, teniendo conocimiento de las leyendas básicas del santoral. De ese conocimiento carecía Poliana, claro está, y cuando el santo quiso explicarle el significado de las escenas descubrió que no era tan fácil. Por lo pronto, tuvo que retroceder un paso o dos para hacerle entender lo que era el dibujo y la representación pictórica en general. En el reino de Poliana no se conocía tal cosa; no concebían otra representación plástica que la volumétrica, y si bien el arte de la escultura había alcanzado un importante desarrollo, a nadie se le había ocurrido llevarlo al plano. Seguramente el bordado en grisalla en unas pantuflas no era el ideal para iniciarse en el arte de la figuración bidimensional, pero era lo que había.

Una vez que le hubo hecho entender que el dibujo era algo así como la visión de unas estatuas dispuestas en un espacio imaginario, pasó a lo que aludían esos dibujos en particular. El primero era la escena más emblemática de la vida de la santa. Isabel era una reina (contaba con una identificación por este motivo) que hacía caridad entre los pobres a escondidas de su marido el rey. Éste la sorprendió un día con una cesta cubierta con un paño, donde les llevaba pan a los necesitados. Le ordenó mostrar el contenido de la cesta, y cuando ella lo hizo Dios había transformado los panes en rosas. La segunda pantufla ilustraba otro episodio: la reina les había dado sus mantos a los pobres, durante un crudo invierno, y en ocasión de una ceremonia oficial no tenía qué ponerse (lamento habitual en mujeres de todos los estratos socioeconómicos); Dios entonces mandó un ángel con un manto más rico que todos los que ella había dado.

Para Poliana fue como si le hablara en chino. La idea de la caridad no tenía curso en su cultura, y aun explicándosela no le veía la gracia. Por lo demás, la mecánica del milagro le parecía una complicación inútil, y se sentía incómoda por el hecho de que la protagonista de estas comedias sin sentido fuera una reina como ella. El santo se daba cuenta, por empatía con esta mirada ajena, de la complejidad a la que podía escalar una civilización determinada. Tener que dar razones, en el mismo párrafo, de lo que era el dibujo y lo que era la caridad, daba la medida de la distancia. Invirtiendo las posiciones, se preguntó si él no estaría padeciendo la misma incomprensión radical del mundo de su amada.

Pretendió salir del impasse con humor, y le dijo que no debía sentir celos de las monjitas. Ella: ¿Por qué iba a sentir celos? Él: Porque eran mujeres que renunciaban... Ella lo interrumpió: ¿Mujeres? Se mostró extrañada, recapitulando lo que había oído antes. Había creído que esa actividad descabellada llamada Dibujo la practicaban unos pequeños insectos llamados Monjitas.

El santo renunció. Abandonó el tema, o lo retomó desde otro ángulo. Siempre había sido muy conservacionista con la ropa, dijo. Le duraba eternidades, a él mismo le asombraba. Por ejemplo cuando veía un retrato suyo en uno de esos relicarios que cargaban los fieles al cuello, pintado décadas atrás, veía que ahí tenía la misma prenda que estaba usando en el momento en que lo miraba. Le parecía una especie de magia. En el retrato se lo veía joven, delgado, con mucho pelo, la piel tersa, y la prenda que le colgaba de los hombros era la misma que tenía ahora, toda una vida después. Y no era que fuera una parecida: era esa misma, la reconocía por la manchita a la derecha del cuello, que no había salido con los lavados.

A Poliana no le gustó la anécdota, en parte porque no entendía, en parte porque lo poco que entendió le promovió resquemores que tuvieron su expresión más adelante. El santo lo intuía, pero sin definirlo, y por prudencia se llamó a silencio. Dejaría que su cuerpo hablara por él.

Lo estaba cuidando con especial atención, como todo hombre que renovaba su práctica amorosa. Siempre había sido limpio y prolijo, sin ninguna simpatía por los hábitos hirsutos de anacoretas y eremitas, a los que no les escatimaba calificativos severos, mugrientos piojosos que usaban la fe como excusa para justificar su alergia al jabón. Él por su parte no le hacía ascos a este precioso elemento de higiene, al contrario, lo disfrutaba. Lo primero que hizo al instalarse en el reino de Poliana fue averiguar sobre jabones locales, y adoptó uno de color violeta, no tanto por el color como porque se lo reputaba relajante. Dudaba que un jabón pudiera tener esas propiedades, pero aun así lo usó con entusiasmo, pensando que la confianza podía bastar para producir un efecto que era más mental que orgánico. Hasta que un día, viendo que había otro jabón, éste de color verde, cuyo efecto se suponía energizante, se preguntó, cosa que no había hecho nunca antes, por qué durante toda su vida le había dado tanta importancia a la relajación, por qué la había considerado tan necesaria para él. No tenía ninguna prueba fehaciente de que el suyo fuera un temperamento tenso o nervioso, al que debía apaciguar. Quizás era todo lo contrario, y apegarse a un prejuicio incorporado sin reflexión podía haber sido un error. De modo que se pasó al jabón verde, y se puso en sintonía energética, con la misma frivolidad lúdica con la que antes había apostado por la relajación.

Estas anécdotas de la cotidianidad se desplegaban sobre un fondo exótico de verano perenne. El santo se despertaba muy temprano, se desprendía de los brazos de Poliana tomando todas las precauciones para no despertarla, lo que era inútil porque ella habría seguido durmiendo de todas formas, y salía a ver amanecer. La jungla evaporaba todo lo azul, que se escurría como niebla por los volcanes del cielo. El gran anillo negro del horizonte empezaba a dorarse poco a poco, aparecían unas transparencias prematuras, otras que se demoraban arrastrando visiones, otras más, como lupas rosa. Los niños, los únicos que madrugaban tanto como él, ya se estaban zambullendo en las cascadas. Al fin se producía el amanecer, como una red para atrapar monos.

XXI

Pasada la euforia inicial de los descubrimientos físicos, el carácter de Poliana se le fue revelando poco a poco, y con él los resortes de su situación presente y sus perspectivas futuras. Era una mujer de prendas contradictorias. Su inteligencia, la lucidez con la que podía evaluar gente y hechos, eran admirables. El santo, habituado al soliloquio coral de la liturgia, tenía que hacer un esfuerzo para seguirla. Pero esa clarividencia le había fallado donde más útil le habría sido, y terminaba enfrentándola a la amenaza de un completo fracaso, un naufragio de sus realidades. Era la problemática clásica del narcisista, que consistía básicamente en poner la exigencia de verdad en todos menos en sí mismo.

El santo por su parte siempre había desconfiado de la verdad. La encontraba útil para uso personal, pero cuando veía que empezaban a ponerla de paradigma en las relaciones, se encendían todos sus cirios de alarma. La exigencia de verdad envenenaba las transacciones en la vida social, familiar y amorosa. Los que cedían a ella terminaban misántropos. Poliana era un ejemplar redomado de esta especie. Ponía la honestidad en el santuario de la comunicación. Lo único que podía hacer él para sacarla de esa fastidiosa tesitura era cambiar de tema, cosa que no tenía más remedio que estar haciendo todo el tiempo.

Por supuesto que a la externalización de la culpa la hacía trabajar día y noche. Su madre, sus hermanos, la supuesta perfidia con que la trataban, volvían como un estribillo en sus alegatos. Y si ellos no bastaban, entonces eran las injustas cláusulas dinásticas, el relegamiento social de la mujer, y en última instancia la mala suerte. Se había negado, de entrada, a poner nada de su parte. Se entregaba a las fuerzas familiares, sociales, históricas, para que hicieran con ella lo que quisieran. Y después se quejaba porque no habían hecho lo que ella quería. El santo no sabía si era ingenuidad, o simplemente que no le gustaba hacerse cargo. Se abstuvo de preguntárselo.

Uno de sus muchos motivos de queja era que él no le contaba de su vida. Ella decía no haberle ocultado nada, y era cierto; la afirmación implicaba que él sí le ocultaba algo. No era su intención, porque en realidad no tenía nada que ocultar, pero quizás lo había hecho sin proponérselo, de tanto cambio de tema. En una ocasión mencionó a Dios, por puro hábito del habla; Poliana, que no tenía el concepto de la divinidad ni ningún otro equivalente, creyó que se refería a un mandatario europeo, y como la mención había implicado algún tipo de intimidad con el poderoso personaje, se encrespó:

—¿Por qué siempre estás echándome en cara tu relación con gente importante? ¿Por qué tengo que oír, aunque tengas que sacar el tema tirándolo de los pelos, que en tu país la gente lleva imágenes tuyas colgadas del cuello? Eso a mí no me impresiona, ni me interesa. Yo soy pobre y oscura, y no pretendo ser lo que no soy. Bastante me cuesta ser lo poco que soy. Si no te alcanza, tendrás que buscarte una mujer rica y cosmopolita.

—Ya tengo más que eso: tengo una reina.

—¿No ves lo que digo? Estás usando mi título como un trofeo más, seguramente para ir a contarles a tus amigos que te acostaste con una reina, ¡una reina, nada menos!

—No tengo amigos. A todos se los llevó el tiempo.

Sin escucharlo, ella seguía:

—Pero yo soy una reina de país pobre y atrasado, una pobre reina primitiva sin poder ni dinero.

Como de costumbre, tuvo que apurarse a cambiar de tema. Y comprobó lo difícil que era hacerlo cuando el tema era

Dios. Esa postura que adoptaba Poliana, de reina pobre de los pobres, obedecía más al resentimiento que a la realidad. Que lo proclamara contra él le parecía una palmaria injusticia. Ella había nacido en cuna de oro, con todos los privilegios de la posición y la riqueza, atenta sólo a sus caprichos y neurosis. Mientras que él se había criado entre chanchos y cabras, barro y miseria, en una perdida aldea italiana. Su éxito lo había conseguido en base al mérito y al esfuerzo. Sus milagros no se habían hecho solos. Muy por el contrario, había tenido que poner tanto de sí que le asombraba que hubiera podido ahorrar un resto de fuerzas físicas y mentales. Y cuando creyó llegado el día de empezar a cobrar la recompensa, que no aspiraba que fuera más que de contemplación y de un descanso bien ganado, la codicia catalana lo obligaba a escapar con lo puesto, al desamparo más atroz en tierras extrañas. Pero no dijo nada de esto. Sabía lo que le convenía.

Sólo por cambiar de tema, y por no encontrar nada más alejado de Dios que el jabón, le comentó que había pasado del violeta al verde.

—Pensé que esa necesidad mía de relajarme me la había inventado yo… para darme importancia, ja ja… —Siguió rápido porque sospechaba que ella no estaba para chistes—: Cuando quizás mis desgracias vienen de haber estado siempre relajado en exceso, y lo que necesito es un poco de energía. O al revés. Quién sabe. En realidad no sé lo que me conviene. O bien no me conozco lo suficiente a mí mismo, o mis dudas sobre la eficacia de estos productos son más radicales de lo que creía.

—¿No pensaste en mezclarlos?

—Lo pensé, pero temí que los efectos opuestos se neutralizaran, si es que realmente hay efectos.

—No hay motivo para dudar —dijo Poliana—, salvo que dudes de todo lo que te rodea. Esos jabones son el orgullo de nuestra modesta industria, hay gente que viene de reinos vecinos a procurárselos. Y sé de muchos que los mezclan: las virtudes no se neutralizan sino que se suman. En este caso, resultan en una energía relajada. La energía sola, sin la calma necesaria para poder reflexionar y saber cómo usarla, es una pura fuerza ciega que puede ser destructiva. Y la relajación sin energía, no es necesario que te lo diga, es pura poltronería.

—No se me había ocurrido.

A cada momento le estaba dando motivos para admirar su inteligencia, pero no le daba tiempo de admirar mucho, porque un giro brusco en la conversación la devolvía al terreno espinoso. Ella también sabía cambiar de tema, aunque sus cambios consistían en volver siempre al mismo tema, que eran sus problemas. En esta ocasión dijo que hablar del jabón era una de esas típicas banalidades con las que ocupaban su mente los que no tenían problemas de verdad, como los que tenía ella. Debió de ver que el santo había recibido la indirecta, porque la mitigó: suponía que era cuestión de edad. Él ya tenía su vida resuelta y podía distraerse en lo marginal. Ella en cambio lo tenía todo por hacer, y tenía que hacerlo con toda la urgencia que le exigía un tiempo que se acortaba sin piedad.

Era la milenarista de sí misma. Hacía como si todo su maravilloso dominio fuera un gran reloj de sol, con la sombra corriendo hacia la hora fatal: su vida no era más que una víspera, producto de las sanciones internas de sus fracasos, sin otro sustento que su negación a hacerse cargo de la realidad. El santo se maravillaba de lo nunca visto de la situación: ¿era posible que una reina fuera una resentida social? Pero los tentáculos de la interrogación se volvían hacia él: ¿cómo era posible que en las redes de esta reina paradójica cayera un santo especializado en milagros? ¿Era acaso otro milagro?

Tampoco podía decirse que el tema del jabón hubiera salido de la nada, porque esta conversación tenía lugar al borde del agua, donde habían ido a pasar las horas de más calor; un arroyo cristalino corría entre las rocas, se remansaba más adelante, y frente a ellos se precipitaba en una cascada transparente. En el remanso se zambullían gritando y riéndose jóvenes de ambos sexos. Sin ser contagiosa, esa alegría colectiva creaba un fondo de sutiles emanaciones eróticas. Fueron al agua ellos también, y se pararon bajo la cascada. Allí la abrazó. La piel de ella, sobre la que corría el agua, tomaba una textura distinta, se endurecía y respondía con agitaciones internas a sus caricias. Por los cuerpos enlazados corrían las espumas violeta y verde de los jabones, formando dibujos que reproducían sus estremecimientos.

XXII

La relación se fue deteriorando paulatinamente, a paso firme. Cada hora aportaba su pequeña o gran irritación. El santo no se sentía responsable, al contrario: pensaba que un observador imparcial no sólo lo absolvería sino que lo felicitaría por su paciencia. Se imaginaba lo que diría: «Ese hombre es un santo, para soportar los desplantes de semejante histérica». Y como en esta fantasía no era él quien hablaba sino un imaginario observador imparcial, se permitía pensar cosas que él con su propia voz prefería no pensar: «Es una harpía, una egoísta, un verdadero parásito emocional, tiene bien merecido todo lo malo que le ha pasado en la vida y lo sola que se ha quedado». En otras circunstancias, la relación no habría durado. Un hombre como él, libre y en la plenitud de sus capacidades, debería salir dando un portazo, y seguramente encontraría otras mujeres haciendo cola para acostarse con él. Pero no era tan fácil. Reconocía que esa plenitud física e intelectual en la que se encontraba se la debía, al menos en parte, a ella. A ella o a su reino encantado, en el que se habían despertado sus fuerzas dormidas. Un prurito de lealtad, o agradecimiento, le impedía olvidarlo.

La misma lealtad, esta vez para consigo mismo, lo obligaba a reconocer las virtudes de Poliana. Su inteligencia, su honestidad, la rectitud a la que obedecía su conducta. Pero eran virtudes mal colocadas. La inteligencia no le había servido más que para reconocer la raíz y la extensión de sus fracasos; la honestidad la había puesto en desventaja en el mar de mentiras que era la corte. ¿De qué servía ser recta donde todos eran torcidos? Debía de haber, pensaba el santo, una falla en su inteligencia, si la inteligencia era básicamente una capacidad de adaptación. Ella no podía adaptarse a las circunstancias: lo recto nunca puede hacerlo. La suya era una inteligencia desacoplada de sí misma.

O bien (pero no era excluyente) el problema central radicaba en una voluntad enferma, una voluntad muerta como una rama seca dándole un mal pronóstico al rosal florido que la envolvía. Después de todo, era patrimonio de lo humano, ver lo mejor y hacer lo peor. Y no era que ella hiciera lo peor, ni siquiera que hiciera cosas reprobables. Era algo peor: no hacía. Quizás no había que condenarla por ello. Estaba en una posición especial, era reina, en un sistema dinástico-político de particular perfidia, y nadie le había dado la ayuda que necesitaba. Aun así, se había puesto por decisión propia en esa situación, y parecía complacerse en darle motivos al prójimo para decepcionarla. Actuaba según la lógica de «Piensa mal y acertarás», y obtenía un goce perverso de la infalible confirmación. Pero no habría sido tan difícil redimirse. Aun sin tener ninguna experiencia en cuestiones de gobierno, o familiares, o mundanas en general, al santo se le ocurrían impromptu diversas estrategias con las que ella podría salir a flote. Pero no valía la pena planteárselas: sus consejos se harían astillas contra un invencible derrotismo. Realmente esa mujer era de los que no querían salir adelante, porque eso los sacaría del papel de víctimas que se les había hecho consustancial, y los liberaba de responsabilidades.

El motivo principal para que él siguiera a su lado eran las alternancias. Poliana podía comportarse del modo más descomedido un momento, y al siguiente volver a las risas y las caricias y la conversación inteligente. Así como sobre los buenos momentos pendía la amenaza de un despecho repentino, los malos abrigaban la inminencia de la sonrisa balsámica que lo curaba todo. Pero esas oscilaciones terminaban mellando los nervios. Se alunaba por cualquier cosa, a veces por algo que él ni siquiera había percibido o entendido, y ahí era inútil pedirle explicaciones.

Una noche habían ido a comer a un bosquecillo apartado del palacio. Los llevaron en palanquín, seguidos por tres burritos y otras tantas azafatas del servicio privado con las vituallas y la vajilla. El traslado se prolongó, bordeando las masas oscuras de unas montañas. Por momentos la tiniebla era casi impenetrable, y si lo hubieran dejado allí al santo le habría sido imposible orientarse. Era un laberinto sin paredes. El follaje invisible rozaba el palanquín con murmullos aterciopelados. El aliento de los burros sonaba lejano. Poliana iba de buen humor, hablando de los problemas que tenía sin resolver. Él preguntaba por los sonidos que puntuaban el viaje ciego: un canto, un zumbido, un silbo agudo y entrecortado, el chillido fúnebre que parecía ahuecar la lejanía de la que surgía. Ella no sabía responder a ninguna de sus preguntas. Aunque había vivido allí toda su vida, jamás se había preocupado por saber nada de la naturaleza de su reino. Era muy característico de su personalidad: su pensamiento estaba lleno de ella misma, o, en sus palabras, tenía «otras cosas de que ocuparse». Lo mismo valía para el sitio al que lo llevaba, un rincón privilegiado por las exposiciones astronómicas y los amaneceres lunares; Poliana era impermeable a las bellezas naturales, no se interesaba más que por las correcciones éticas que la tenían por objeto. El santo ya se estaba acostumbrando; sin necesidad de hacer un análisis psicológico, por la mera convivencia, incorporaba el modo de ser, anticipaba las reacciones, creía poder mantener el diálogo a nivel cordial; en resumen, bajaba la guardia. Esa noche tendría ocasión de tomar la medida de la magnitud de su error.

La comida se desarrollaba sin alarmas. Estaban solos, bajo una luna discreta que espolvoreaba de blanco el mantel y las migas. Las azafatas y cargadores se habían retirado a los rincones del bajío, y apenas si les llegaban sus voces. Los sonidos de la noche, olvidados, morían junto con los minutos y las horas. Podría haber sido una ocasión memorable. De hecho, el santo le agradeció que lo hubiera llevado a conocer ese sitio hechizante. No lo dijo, pero seguramente lo estaba dejando ver, que la encontraba más bella que nunca. Sus hombros cremosos, los senos que se insinuaban bajo la tela liviana, las piernas desnudas cruzadas sobre la alfombrilla, y el rostro perfecto que aparecía y desaparecía en la contraluz lunar, cambiante, expresivo. Un sentimiento de posesión lo arrebataba, como si hubieran puesto en sus manos algo sumamente valioso, por ejemplo tiempo.

La exaltación amorosa, acentuada por el vino, no le hacía olvidar ciertas precauciones que ya había incorporado. Aun así, las precauciones no fueron suficientes. En un momento de la charla, festejando alguna agudeza de Poliana a la vez que se llenaba los ojos con su belleza, le dijo que si hubiera tenido una hija, habría querido que fuera como ella.

¡Para qué! Reaccionó como una víbora a la que hubieran pisado. Descompuso el gesto, la mirada tomó un brillo agresivo, todo el cuerpo se le contrajo en un espasmo rabioso. Nunca la habían insultado así, dijo: sus palabras ponían en claro el concepto en que la tenía: una puta, que le servía de diversión, la disminuía, la escarnecía con su desprecio.

El santo, perplejo, creyó que había alguna clase de malentendido. Lo que había dicho era perfectamente inocente… ¿Creería que realmente tenía una hija? No le había contado de la regla de celibato de su orden, por considerarlo improcedente. Pero de cualquier modo sus palabras no habían querido expresar otra cosa que su admiración, y el respeto a sus cualidades.

No valía la pena explicarlo, ni pedir explicaciones. Poliana había cerrado las valvas impenetrables del malhumor, la figura que minutos antes irradiaba la dulzura de la noche compartida era fuente de ondas odiosas. La conversación terminó, la velada se había echado a perder sin remedio. Ella no probó un bocado más, ni bebió un sorbo. Él, que tenía servido el postre, lo despachó de prisa para dar por terminada la escena insoportable. Ella no lo miraba, pero debió de registrar de todos modos porque al día siguiente, riéndose, le diría que nunca había visto a nadie comer un flan tan rápido.

El viaje de regreso fue sin palabras. El santo, superada su ecuanimidad, estaba furioso él también, se sentía víctima de una injusticia incalificable. Durmió mal esa noche, en realidad casi no durmió, preguntándose por qué tenía que soportar tanto capricho. Hasta pensó en marcharse, sin más, despertar al niño con la primera luz y desaparecer sin despedirse. Poliana dormía a su lado, plácida y satisfecha. Buena sorpresa se llevaría, por demás merecida. No lo hizo, dejó que triunfara el statu quo. A la mañana se lo dijo, aunque más no fuera para no desperdiciar la idea. Y ella, sin claudicar: si se iba, que no volviera nunca más.

Después se calmó, y todo volvió a ser como antes. Pero estas escenas estaban siempre latentes. El santo se preguntaba si habría que aplicar lo de «En la vida todo hay que pagarlo», y el pago por gozar del cuerpo maravilloso de la reina sería aguantar su mal carácter. Si era así, había una solución, difícil pero no imposible para alguien ejercitado como él en las gimnasias de lo espiritual: acceder a una sublime indiferencia desde la cual nada de lo malo lo afectara, y lo bueno se le entregara impoluto. Entonces sí, podría gozar sin pagar.

Claro que esa separación de lo bueno y lo malo implicaba una disociación del cuerpo y el alma, y él no podía gozar del cuerpo de Poliana sin amar su alma. En esa alma torturada habituaban los peores defectos, pero ni la más sublime de las indiferencias podía ignorarla por completo. La duplicidad implícita reflejaba el abismo cultural que los separaba. Lo que los cuerpos unían, por provenir de lo natural, las almas separaban, por haber sido forjadas en mundos distintos. Y no podía pretender ignorar el mundo de Poliana porque ahí había nacido el amor, en el reino de la belleza del que ella era representante y joya suprema.

XXIII

El reverso de la entrega total e incondicionada de la que Poliana se había hecho objeto, o su anverso, era lo que exigía de él, tácitamente al principio, en términos cada vez más explícitos con el paso del tiempo. Le pedía que se hiciera cargo de ella, que la sacara del atolladero monárquico en que se encontraba disipando las amenazas que presentía. El santo veía la tarea como infinitamente superior a sus fuerzas y capacidades. Recogía información, de sus rojos labios que tanto le gustaba besar, y a medida que las cosas se aclaraban, más oscuras se ponían. Alrededor de los amantes se tejía una red inextricable de maniobras de poder, a cargo de seres experimentados contra los cuales él no tendría la menor posibilidad de resistir. Un clero organizado dispuesto a todo con tal de preservar sus beneficios, cruentos magnates con las llaves y los recursos de la coacción, a la cabeza de ellos el hermano de la reina, ministros embrollones en cónclave permanente con la madre, que de por sí era un adversario formidable a pesar de su mala salud... Ni en sueños osaría hacer frente a esta falange de pesadilla.

La raíz del problema estaba en que ella no asumía su papel de reina. ¿Cómo iba a asumirlo, si era el ser más dependiente del mundo? Aunque no era la causa que esgrimía (porque tampoco asumía su dependencia: al contrario, se jactaba de ser una mujer independiente, de nuevo cuño). Decía tener una invencible repugnancia moral a las componendas del poder, y hasta el mero contacto con funcionarios y cortesanos que sabía corruptos, falaces e intelectualmente inferiores. Pero al mismo tiempo no tenía ninguna intención de renunciar a los privilegios de la corona: los masajistas, las ayas, los palanquines de oro. Jamás podría prescindir de esos lujos, de modo que quedaba excluida la alternativa de llevársela consigo. ¿Qué tenía para ofrecerle él, un fugitivo a la intemperie? Ella era tan parte de su reino como las montañas y los ríos, o como las flores y las aves que lo cubrían. Cuando le pedía que se hiciera cargo de ella le estaba pidiendo que se hiciera cargo de sus ejércitos y sus ciudades y sus campos, de la administración del tesoro nacional y la negociación de las relaciones exteriores. Pedir lo imposible podía ser muy poético, muy idealista, pero en la práctica se volvían palabras vacías. El santo no habría sabido ni por dónde empezar; lo suyo había sido lo inmaterial.

No dudaba de su sinceridad cuando le decía que lo amaba, que era el único verdadero amor que había experimentado... No lo ponía en duda como no lo hacía con nada que ella dijera; era incapaz de mentir, lo que a la larga empezaba a parecer una condena. Pero se preguntaba qué habría visto en él. Era un tanto inquietante pensar que había en su persona de viejo santo jubilado un atractivo del que no era consciente. Sospechaba que podía ser sólo su condición de extranjero: el rencor que ella albergaba contra todos los que habían influido en su destino, todos compatriotas, debía de haberla llevado a ver a su salvador en el único que no lo era. Claro que no debía de tener en claro la medida en que su amor estaba contaminado por su necesidad de protección. Remontándose a su pasado europeo, el santo encontraba que este mecanismo era el mismo que producía el fanatismo religioso, o directamente la fe.

Si eso hubiera sido todo, no habría sentido más que compasión; lo malo era que Poliana no cedía en su postura imperativa y sus caprichos y berrinches. Acto seguido de lamentar su desamparo, la soledad en que se sentía en el nido de víboras que era la corte, apelando indirectamente a su ayuda, no tenía ningún problema en hacerle un planteo violento o maltratarlo por motivos que a él se le escapaban. Debía de hacerlo para mantener la autoestima y hacerse valer frente a él; desde el primer momento había insistido en que no era una mujer «regalada». Se ponía un precio alto. Él hacía acopio de sus reservas de paciencia y comprensión, pero no alcanzaba. Llegó a preguntarse qué hacía ahí. Después de todo, era libre como el viento. Nada le impedía seguir viaje. No le sería difícil encontrar una excusa, o hasta podría marcharse en medio de la noche sin excusa alguna, ya que su trayecto era siempre hacia adelante, sin regresos en los que tuviera que dar explicaciones.

Pero en ningún otro lugar donde fuera estaría Poliana. Ese pensamiento lo detenía, si bien no era en realidad un pensamiento. Lo eran las razones que le decían que no tenía por qué aguantar el maltrato, o que era libre de irse. Ella no era un pensamiento sino otra cosa, más parecida a la imagen. Cuando trataba de explicarse por qué se quedaba veía el cuerpo blanquísimo de Poliana, su volumen maravilloso resaltado sobre el fondo de la tiniebla de la noche, envuelto y acariciado por sombras que le daban una realidad que nadie más tenía, la realidad increíble que los hombres buscaban toda la vida. ¿Era el amor, entonces? ¿O sólo un reflejo de lo que decía sentir ella? Se le antojaba que Poliana había inventado esa máquina infernal que lo volvía todo reflejo y de la que no se podía escapar.

Llegó a pensar que tenía algo de cierto la separación y autonomía del cuerpo y el alma. Le habría gustado que el cuerpo de Poliana se liberara de su carácter, de sus resentimientos y exigencias. Salvo que, pensándolo bien, algunas partes del alma debían quedar, por ejemplo las que la hacían sonreír, o le hacían brillar los ojos o se los velaba con una dulce melancolía cuando miraban la puesta del Sol desde lo alto de la montaña.

Lo que más pesaba, mucho más que estas ensoñaciones inconducentes sobre el amor, era que, lo quisiera o no, se había echado encima una responsabilidad. Ella se había entregado a él, en cuerpo y alma, y él había aceptado esa entrega, quizás con imprudencia, sin pensar en las consecuencias. Ahora debería hacerse cargo.

Era un verdadero enredo. Habría necesitado más calma, más distancia, para pensarlo objetivamente. Lo intentaba a la mañana temprano, cuando buscaba una soledad contemplativa. Se despertaba al alba, por hábito conventual, la dejaba dormida y salía a caminar por la ciudad también dormida. Se alejaba del área más poblada y se sentaba a la vera de un arroyo, tratando de reflexionar y ver claro en su situación. Veía un pececito dorado en el agua azul, oía cantar a un pájaro sólo para constatar que no entendía su lengua, y eso era todo. No había pensado nada y ya era hora de volver, si quería sorprender el primer despertar de la reina y abrazarla y hacer el amor. Ella refunfuñaba contra su lascivia, decía que se hacía tarde y llamaba a sus doncellas. El santo aceptaba. No se podía vivir teniendo sexo todo el tiempo. ¿O sí se podía? Preveía que de un modo u otro su cercanía con Poliana sería breve, y si tal era el caso, ¿no le convenía aprovechar cada momento? Esto se lo preguntaba recordando un hecho de su infancia, cuando vivía en la aldea italiana. Una vez al año sus padres hacían una peregrinación a una ciudad cercana, lejana para ellos que hacían el trayecto a pie, y lo llevaban. Se alojaban durante cuatro días en un establo que los curas ponían a disposición de los peregrinos, y asistían a la fiesta del Santo y la procesión. Pero él, como buen hijo de pobre, tenía libertad de movimiento, y la aprovechaba para entrar a la catedral a contemplar las numerosas obras de arte que la poblaban: imágenes de bulto de santos y vírgenes ricamente vestidos, pinturas con escenas bíblicas, vitrales de hermosos colores, altares recamados, columnas, mosaicos... Todo desfilaba ante su mirada ávida, no podía creer que en el mundo hubiera tanta riqueza, cada detalle lo llenaba de admiración, y había tantos que habría podido pasarse la vida contemplándolos. Pero, niño al fin, no había pasado revista ni a la centésima parte de los tesoros puestos a su disposición cuando ya lo llamaban otras actividades, como jugar con otros chicos, ir a pedir un dulce, cualquier cosa, hasta aburrirse con los padres. Y cuando volvía a su aldea se preguntaba cómo era posible que no hubiera pasado todo el tiempo en la catedral, y no perdiéndolo en actividades que lo mismo podía hacer en su casa. No entendía cómo era posible que hubiera sido tan displicente con una ocasión tan rara, tan fugaz, y se pasaba el año entero reprochándoselo y prometiendo que la próxima vez lo haría mejor... ¿Sería una constante en su vida?

XXIV

La decisión de irse o quedarse no tuvo que tomarla él, porque la solución al dilema vino de afuera, en la forma de una carta. Se la entregó un viajero que venía de la misma dirección de la que había venido él, y como él acompañado de un niño. Esos dos datos deberían haberle indicado su procedencia, y la de la carta, pero su capacidad de deducción debía de estar embotada, después de la seguidilla de hechos inesperados que venían asaltándolo desde que abandonara el monasterio catalán. Se retiró a leerla en privado, seguido por la mirada suspicaz de Poliana, y no sólo de ella: todos los presentes esa tarde en la explanada de las glorietas reales se mostraban inquietos, seguramente porque el correo allí era infrecuente, y no se lo usaba más que para declaraciones de guerra o cuestionamientos dinásticos.

Pero se trataba de una mera carta comercial. Provenía de su viejo amigo y amo Abdul Malik. El encabezamiento rezaba: «Estimado señor Optimus». El santo se preguntó de dónde habría sacado ese nombre. No se molestó en buscarle significado o etimología. Estaba acostumbrado a esas invenciones, como lo estaban todos los santos de su época. Ellos eran los que daban los nombres mediante el calendario, pero al estar éste incompleto todavía, los santos mismos flotaban en un vacío onomástico.

Aun así, era peligroso. El peor de los apodos podía prender, y ya no se lo sacaban más de encima. En ese caso la solución era esperar que el tiempo (podía tomar siglos) esmerilara lo ridículo de un nombre, gracias a su uso y abuso, por ejemplo cuando era el de una iglesia muy frecuentada y nombrada, o incluso una calle o una ciudad. Y siempre estaba el recurso de que el esnobismo o la saturación de nombres más comunes hicieran que éste se pusiera de moda y la gente bautizara con él a sus hijos, o en todo caso (peor era nada) a sus perros.

¡Optimus!, dijo con un suspiro.

El contenido de la carta, en su parte principal, no lo sorprendió. Debería haber esperado algo así: uno establecía una relación en las altas esferas y todos querían usarlo de mediador para sus negocios. Abdul empezaba con empalagosas profesiones de amistad y supuestas nostalgias de las conversaciones que habían tenido (el santo no recordaba más que una). No tardaba en ir al grano: le habían llegado noticias de su amistad con la reina Poliana, y le estaría muy agradecido si exploraba con ella o con sus asesores comerciales la posibilidad de importar sonajeros. Seguía una cantidad de números que el santo recorrió muy por arriba. No tenía intención de proceder más allá de soltar alguna palabra en ese sentido, de modo que poco le interesaban los cálculos que hacía Abdul de flujos de producción, modos de pago, descuentos, retenciones. Era un tanto patético, que un hombre adulto tuviera que depender de la venta de unas sonajas, y por ello tuviera que tomarse en serio lo que no merecía más que una sonrisa condescendiente de parte de la gente seria.

Pero el santo recordaba que él mismo se había tomado en serio, con vivo interés, esos dispositivos sónicos, cuando Abdul se los presentó y le contó su historia y le mostró su funcionamiento. Claro que él lo había tomado como un hecho artístico, haciendo la correspondiente adaptación de su juicio a la cultura selvática y primitiva a la que pertenecía. Y vivir de eso no le había parecido tan patético como le parecía ahora; lo había tomado como algo bastante poético. Se preguntó si ese cambio de perspectiva se debía a un cambio que se había operado en él. Si tal era el caso, el sexo podía ser el responsable, porque no había intervenido ninguna otra variable.

Que una bella reina se le hubiera entregado tenía que ponerlo en un nivel superior al de la gente que mercaba con sonajas de madera. ¿No estaría pecando de soberbia? Y de una soberbia sin demasiado fundamento, porque después de todo Abdul tenía medio centenar de esposas, así que si era por sexo no tenía nada que envidiarle. Y además él estaba pensando en escabullirse y dejar plantada a su reina.

La carta le daba la oportunidad. Había creado la suficiente sensación como para que esperaran de él, después de leerla, una movida trascendental. Barajó algunas posibilidades. Podía decir que le informaban que su madre estaba enferma y tenía que asistirla en su lecho de muerte. Con la veneración que tenían las tribus primitivas por las madres, nadie le cuestionaría la necesidad de partir. Lo que sí, una vez que lo dijera no habría vuelta atrás. Cortaría el puente de sus vacilaciones, y antes de hacerlo vacilaba. ¿Quería irse, realmente? En la cabeza se le agolparon todos los argumentos que había acumulado contra Poliana: sus caprichos, sus lunas, su egoísmo, su ineficiencia para hacer frente a los problemas. En el otro platillo de la balanza había un solo argumento: su cuerpo, del que él podía gozar a discreción. Y a partir de ese punto se podía cargar en el primer platillo otro argumento, más tradicional: mujeres había muchas, las había en todas partes y estaban tan desesperadas por hombres que bastaba con estirar la mano para tener una.

Había una vuelta más, en esta enroscada polémica consigo mismo: la individuación que había adquirido Poliana en su vida mediante el amor. Eso no tenía remplazo, o no lo tenía tan fácil. O quizás sí lo tenía: no podía saberlo sin probar antes. Se sentía en condiciones de hacer el experimento.

Entonces, estaba decidido: se marchaba, seguía viaje. Confiaba en que la aventura le depararía nuevos episodios. Lamentaba tener que mentir, pero no lo lamentaba en exceso. La mentira y la verdad eran relativas, ya que los hechos que eran los referentes del discurso estaban cambiando siempre. Además, su relación con Poliana le había hecho tomar una particular aversión a la verdad, de la que ella era fanática devota. Hacía un culto de la veracidad, se la exigía tanto a los demás como a sí misma, practicaba esa sinceridad brutal que no causaba más que dolor, era «un libro abierto» y pretendía que todos lo fueran para ella, ignorando la poesía y el misterio que contenían los libros cerrados. Le eran ajenas las sutilezas de las medias verdades y las medias falacias, el mentir con la verdad y el decir la verdad con la mentira. No quería saber nada de las ambigüedades ni de los silencios culpables en los que anidaba toda la ternura del mundo. ¿Y para qué le había servido tanta verdad? Para vivir amargada y desilusionada, desconfiando de la humanidad, aferrándose a la desnudez antinatural de la honestidad.

Con estas reflexiones en la cabeza prestó poca atención al resto de la carta, que contenía lo más interesante. Allí Abdul le decía que le enviaba el mensaje con un esclavo recientemente adquirido, que cuando supo de su deseo de comunicarse con él se había ofrecido gentilmente a hacerle el favor. Recordando los problemas que tenía Abdul para sacarse de encima el exceso de esclavos que debía comprar con el fin de mantener activo el consumo, era fácil deducir que la carta había sido la excusa perfecta para despachar por lo menos a uno y tener una boca menos que alimentar.

Y agregaba, en un epílogo inesperado, que la providencial comunicación le daba la oportunidad de corregir un error que habían cometido con él: le habían dado un niño equivocado. Se apresuraba a asegurarle que la culpa era toda de ellos, de Abdul y su equipo de auxiliares; la acumulación de tareas, las complicaciones que estaban surgiendo siempre, la mala voluntad de algunos y el escaso deseo de ser útil de la mayoría, para no hablar de las confusiones inherentes al parecido de todos los niños, hacían excusable el error. Pero no dejaba de ser un error, y ya que se daba la ocasión de subsanarlo, así lo hacían. De modo que junto con la carta el viajero de marras le llevaba el niño que le correspondía, cuya recepción debía estar acompañada de la devolución del otro.

Prima facie el santo aprobó el cambio: el niño que lo acompañaba era una carga; si bien podía realizar algunas tareas, compensaba su utilidad con los inconvenientes que le causaba, el principal de ellos relacionado con el sueño. No se le podía reprochar, a un niño de cinco o seis años como éste, que quisiera dormir de noche, pero para los hábitos nocturnos del santo, y los de la corte, era una molestia verlo dormirse de pie, y en los intervalos oír su vocecita soñolienta con el perenne «¿Cuándo nos vamos?». Un cambio sería bienvenido.

Esa costumbre, tan difundida en las áreas interhemisféricas, de hacer de los niños auxiliares de tareas, era un modo práctico y sencillo de darle uso a una energía vital en botón que de otro modo se perdería. Creaba fugaces dinastías unipersonales, dinastías del presente. La gracia y la elegancia de los niños parecían destinadas desde el comienzo del mundo a contrarrestar con su gratuidad la fea codicia de los hombres. Y eran realmente una ayuda: el que no lo había probado no podía ni imaginarse siquiera cuánto aliviaban la rutina cotidiana. El santo iba a experimentar una versión extrema, porque el niño que le habían mandado de remplazo apenas superaba los dos años de edad.

XXV

Volvió a la fiesta, que estaba en su apogeo, lo que le dio una tregua antes de tener que dar explicaciones. No habría podido hacerlo de todos modos, por la percusión ensordecedora. Tan lejos se había ido en sus pensamientos que el espectáculo de la realidad lo tomó por asalto. Claro que se trataba de una realidad especialmente recargada. El perfume de las rosas envolvía la media luz en que se desenvolvían esos fastos de una humanidad despreocupada y feliz. En el centro estaba la reina, hablando animadamente con sus vecinos, haciendo público despliegue de su simpatía de tímida, como si no tuviera ninguna preocupación, pero la traicionaban las miradas ansiosas que le dirigía. La rodeaban sus cortesanos y mucamitas, con las sombrillas plegadas aunque el rocío hacía arcos irisados sobre sus cabezas. Los guerreros, con pinturas ceremoniales, bebían y se contaban a los gritos hazañas bélicas que no habían tenido lugar más que en sus cerebros de borrachos. Los músicos y bailarines, pintados ellos también, emplumados, hacían un barullo infernal con sus conciertos, cábalas policromáticas destinadas al momento. No parecían molestar a nadie. Seguramente la costumbre, o un gusto innato por el ruido, les permitía aislarse en sus pensamientos o pláticas como si sólo cantaran los grillos. Ejemplo de ello era un individuo concentrado en tallar con un cuchillo una gran cabeza de madera negra. Las familias habían salido de sus chozas para participar en la fiesta, y se entretenían con coloridas loterías de animales. De éstos, ya no pintados en fichas sino reales y vivientes, había una hormigueante profusión, sobre todo de tejones y loros. Los perrillos se desplazaban en fila, rápidos como flechas. Los jóvenes se paseaban, las chicas tomadas del brazo de a cinco o seis, obligando a los varones a dar rodeos cuando se enfrentaban a esos risueños abanicos humanos. Los bañistas se zambullían en el lago, sus cuerpos mojados haciendo escorzos con brillos que no permanecían. Más allá, en cámaras de silencio crepuscular, los pastores traían sus rebaños por laderas que a la distancia parecían placas adheridas al paisaje. Sobre el horizonte, que se multiplicaba en el anuncio del amanecer, partían las caravanas, en una tristeza infinita que le llegaba al santo como desde el más allá.

Se daba cuenta de que en la decisión que debía tomar no pesaba solamente Poliana, si bien ella era el reflejo maestro alrededor del cual giraba todo lo demás. Todo importaba, cada pequeña cosa, porque hasta la más pequeña había contribuido a modelarla, y de algún modo ella había incorporado la forma y el sentido de todo. No es que el santo sobrevalorara la influencia del medio ambiente; concedía participación a la herencia y la voluntad; sin ir más lejos, él se sabía forjador de sí mismo a partir de una fuerza interior que también podía ser ajena sin dejar de ser interior. Pero eso valía para el hombre común, para la mujer sometida, o la liberada, para el soldado, el filósofo o la madre. Poliana no era nada de eso: era una reina. El medio no era una influencia más en ella sino la estructura misma que la ponía en el mundo. Había algo de totalidad natural en su persona. A un hombre que venía de las estrecheces voluntarias y las austeridades impuestas de la vida monástica, de toda una vida hecha de puro tiempo, las lujosas magnitudes que se encarnaban en esa mujer reina no habían podido sino enamorarlo. No quería entrar en discusiones consigo mismo porque sospechaba que no lo llevarían a ningún lado, de modo que no cuestionaría prioridades y no se preguntaría qué estaba primero, el sexo o el amor; porque eso podía llevarlo a preguntarse si se había enamorado sólo para tener sexo. El amor, si realmente era amor y no una mera ilusión, estaba en la membrana en la que terminaba la reina y empezaba su reino. En efecto, el amor había resultado ser algo más amplio de lo que había creído cuando la abrazaba en esas noches y esos días de pasión. Había incluido al país, en todo lo que el país había contribuido a conformar el alma de Poliana. Alejarse de ella implicaba perder el país. No dudaba de que en el continente hubiera otros muchos reinos. Por lo que sabía, había demasiados, en una fragmentación derivada de las rivalidades tribales y las complicaciones hercínicas. Y muchos serían parecidos a éste, y hasta idénticos, porque la combinatoria era limitada. En otros podía haber encontrado los mismos placeres, las mismas bellezas, experiencias equivalentes. Pero esta última palabra delataba el error de los posibles: no había equivalencias en lo vivido, en todo caso las había en su relato. Él no había entrado en ningún otro reino, sino en éste. Y lo que el reino había hecho con Poliana él se lo había hecho al reino: desde el momento en que había traspuesto sus peristilos ornamentales, su presencia había modificado las condiciones del medio. De modo que irse significaba irse de una parte de él. Pero no había que dramatizar, porque lo mismo sucedía con toda partida. De ahí que el sedentarismo ejerciera una atracción tan pronunciada.

Poliana por su parte no se iría nunca, aunque más de una vez había fantaseado en voz alta sobre la posibilidad de irse con él, y abandonar a su suerte el nido de víboras que según ella era su reino. No se iría, y no cambiaría. No tenía ningún motivo para cambiar, ningún estímulo, ya que no reconocía sus defectos y de todos los males que sufría culpaba a los demás. Su carácter la condenaba. Seguiría siendo veleidosa, desconfiada, mandona, inútil para todo lo que no fuera quejarse, sin una vocación, sin poder aprovechar el tiempo ni gozar realmente de su juventud. Y ansiosa por descargar responsabilidades en otro que se hiciera cargo, buscando la salvación en la buena voluntad del improbable hombre no equivocado que se dedicara a ella. Su belleza estaba desperdiciada en el resentimiento. Su voluntad, una enferma incurable. Qué raro, pensaba el santo desde su atalaya de observador involucrado, que la reina de un reino encantado se comportara tan mal como cualquier mujer, como una de esas esposas del mundo real que le hacían la vida imposible al marido. ¿Serían todas iguales, entonces?

Ese pensamiento («Son todas iguales») que tantos hombres habían tenido antes que él terminó de decidirlo. No tenía por qué seguir pegado a esta aprendiz de bruja sólo porque le entregaba su bello cuerpo. Podría volver a hacer la comedia del amor con otra, y no habría gran diferencia. Si había calificado de incomparable el cuerpo de Poliana, quizás se debía a que no se había tomado el trabajo de compararlo. Además, no todas eran iguales, al contrario: todas eran distintas, y le proporcionarían satisfacciones diferentes. En la variedad estaba el gusto. Eso volvía felizmente descartables a las mujeres.

Le sorprendía a él mismo el cinismo con el que se estaba manejando. Era un cinismo de ocasión, descartable él también; podría repudiarlo una vez que le hubiera servido para salir del paso, pero mientras tanto lo pintaba con colores bastante oscuros. ¡Y pensar que fui un santo!, se dijo con una sonrisa comprensiva. Se corrigió: santo seguía siendo, porque era una convalidación vitalicia y post mórtem. Pero dentro de cada santo se ocultaba un hombre, sólo había que abrirle la puerta para que saliera.

XXVI

Se lo diría ya mismo, en caliente. El ruido de la fiesta haría misericordiosamente entrecortada la comunicación, y en público ella no se atrevería a hacerle una escena demasiado dramática. Además, no había por qué decirle que se iba para siempre; hablaría de una breve ausencia para poner en orden sus asuntos, de modo de poder volver y quedarse más tiempo. Mentir era fácil, tan fácil que uno podía engolosinarse y mentir siempre, con el riesgo de perder la deliciosa diferencia entre mentira y verdad.

Tuvo que postergar empero su anuncio porque lo interceptó el viajero que le había traído la carta, diciéndole que tenían que hablar. Supuso que se trataba del trueque de los niños (que efectivamente se hizo en ese momento), pero había algo más.

El extraño se presentó:

—Mi nombre es Cobalto.

El nombre no le decía nada al santo, ni siquiera cuando el desconocido le dijo que venía del pueblecito catalán de donde él había partido.

—Qué curiosa coincidencia. Pero aun así, tendrá que disculparme. Yo salía poco, y cuando salía veía demasiada gente a la vez. Soy poco fisonomista, y con la edad los nombres han empezado a huir de mi memoria a una velocidad alarmante.

—Lo entiendo. Pero no pretendía que usted me reconociera. Nunca nos vimos. Y dada la profesión que yo ejercía habría sido muy raro que mi nombre llegara a sus oídos.

El tema no daba para más. El santo prefirió cambiar:

—¿Qué lo trajo por acá, tan lejos de casa?

—Le sorprenderá saberlo, vine siguiéndolo.

Esperó una reacción, pero su interlocutor había quedado tan atónito que no tuvo ninguna. Había vivido su viaje como algo tan accidentado y zigzagueante que jamás habría pensado que alguien pudiera seguirlo, tanto o más difícil de seguir que uno de esos relatos mal contados en los que faltan transiciones o episodios enteros.

—Siempre estaba un paso atrás —siguió el Cobalto—, me parecía tenerlo al alcance de la mano, y otra vez se había ido. Parecía como si estuviera escapando de mí, pero no había tal cosa, era efecto de la velocidad y los cambios. Si ahora le di alcance fue porque aquí se demoró más tiempo que en las paradas anteriores.

—Y fue justo a tiempo —dijo el santo—, ya que me estoy marchando. Pero con todo esto, no me ha explicado por qué me buscaba.

—Es una historia —dijo el Cobalto— que se remonta a una semana y un día atrás, cuando los representantes del Concejo Municipal me apalabraron para matarlo...

—Ah, era usted.

—Sí. Mi modo de vida era el asesinato por encargo, entre otros trabajos relacionados con la violencia. Ahora he renunciado al crimen, este viaje, que en cierto modo tengo que agradecerle a usted, me ha transformado. Es asombroso lo que se aprende saliendo del cascarón de lo cotidiano, asombroso sobre todo porque lo que se aprende es lo más obvio, el mecanismo inmemorial de la Naturaleza y la lógica de los hechos humanos. Uno se da cuenta de que ha estado perdiendo el tiempo; cuando abre los ojos ve que el asesinato, el robo, la coacción forzada, son intrínsecamente inútiles: los bienes cambian de mano de todos modos, la gente va a actuar se la obligue o no, y al final se van a morir igual, tarde o temprano. Basta con dejar al mundo tranquilo para que las cosas pasen.

–Siempre se puede intervenir para apurar el trámite…

–No trate de convencerme de volver a mi vieja vida. No lo logrará… ¡y además no le conviene, ja, ja, ja!

Se rieron de buena gana.

–Pero dígame, maese Cobalto, si su intención no era liquidarme para cumplir con el contrato, ¿por qué me siguió con tanta pertinacia?

–Para hacerle una pregunta. Para aclarar una profunda oscuridad.

Estas palabras ameritaban clarificación; más aún, anunciaban un relato interesante. El santo había creído que no iba a oír nada, con el ruido de los músicos y los coros y el griterío general, y sin embargo estaba oyendo perfectamente. La atención, que se había ido despertando paulatinamente con las palabras del visitante, debía de neutralizar en el cerebro las obstrucciones sonoras.

–La noche designada para el asesinato –empezó el Cobalto– entré al monasterio por una puerta lateral, la única abierta, vigilada por un monje que estaba en la conspiración, y me dirigí directamente a su celda. A la tarde, aprovechando su ausencia durante la hora de la refección, había entrado a estudiar el terreno. Contaba, claro está, con la complicidad del abad. Determiné entonces el camino más corto hasta la celda donde usted estaría durmiendo, y eché una mirada adentro, para ver la ubicación de la cama y asegurarme de no tropezar con un mueble, que no lo había. Había hecho faenas fáciles en mi vida, pero como ésta ninguna. Era pan comido.

»Pues bien. Procedí según lo planeado. El abad se había asegurado de que todos los monjes y el personal de servicio estuvieran en la iglesia. Todos sabían lo que estaba pasando, y lo aprobaban a pesar de los escrúpulos. Asimismo el abad se había asegurado, minutos antes de la hora establecida para mi entrada, de que usted dormía en su celda. Me escurrí en silencio por los claustros, la puerta indicada apareció ante mí, en negro sobre negro, no me detuve ante ella más que un instante; oí la respiración regular del durmiente.

El santo escuchaba absorto, totalmente compenetrado, como que le estaban contando la historia de su muerte.

—Abrí de un puntapié y me lancé hacia la cama, en la oscuridad, propenso al estrangulamiento (porque me habían pedido que evitara la efusión de sangre, ya que el deceso se haría pasar por deficiencia coronaria). Pero en la cama no había nadie. Retrocedí de un salto de vuelta a la puerta, bloqueando un posible escape, pero no hubo tal cosa. El espacio exiguo del interior no ofrecía sitios donde esconderse, y tuve que rendirme a la evidencia de que la celda estaba vacía: el pájaro había volado. No perdí tiempo en tratar de entender cómo había pasado: corrí en las tinieblas porque mi presa no podía estar lejos, pero todo estaba vacío.

»Discretamente fui a buscar al abad, que salió de la iglesia con sus dos asistentes de confianza. La perplejidad nos embargó. El misterio se centraba en la celda. Por distintos indicios, sabíamos que usted había estado durmiendo en su cama al momento en que yo irrumpía. Aun suponiendo que hubiera salido por la puerta al tiempo que yo entraba, cosa en extremo improbable, no habría tenido oportunidad de esconderse afuera: en efecto, yo volví a salir en segundos, y el corredor estaba vacío. Éste es un corredor, como usted recordará, de paredes de piedra, sin ventanas, de cincuenta metros de largo en un sentido y en otro; ni el más veloz corredor habría podido recorrerlo en ese lapso.

»Centramos la atención en la celda. Las sábanas estaban tibias todavía, la sotana y las sandalias en su lugar. La probabilidad de que hubiera una salida secreta era remota, pero la investigamos: no dejamos centímetro de las paredes, el piso y el techo sin revisar. El ventanuco enrejado, de dos palmos de lado, no habría permitido el paso de nada más grande que un gato, aun sin contar con las rejas, que estaban firmemente implantadas en la piedra.

»La busca se extendió al edificio entero, y se prolongó toda la noche y parte de la mañana. Y en ese proceso iba cambiando de objeto y de naturaleza. Habíamos empezado buscándolo a usted, y no tardamos en convencernos de que no estaba. Por eso mismo, buscamos una huella de su paso o desaparición. Nadie se va sin dejar algo material como signo de su ausencia (de otro modo se habría quedado). Sólo hay que saber verlo. Por lo general el signo está tan a la vista que no se lo ve, o no se lo ve como signo sino como cosa. El que busca en la superficie se pierde lo que está en el fondo, y viceversa. Cuando tampoco en este nivel encontramos nada, no quedó más que ponerse a pensar qué diablos podía haber pasado. Pero eso no era para mí. Las misiones que me encomendaban habitualmente se concluían en el plano físico, con la puñalada o el garrotazo: pensar, pensaba yo, es para las víctimas. Y todo en mí se resistía a ser pensado por otro.

»El mea culpa de mis mandantes y sus cómplices cayó en los moldes religiosos que eran de esperar. La hipótesis de la intervención divina a la que se aferraron como a una tabla de salvación al revés tras el naufragio de sus planes, fue el Rubicón que me negué a cruzar. Seré un criminal ignorante proveniente de los estratos humildes de una comunidad con alto índice de analfabetismo, pero no creo en milagros.

—Lo bien que hace.

—No sé si será por predisposición innata o por deformación profesional, lo cierto es que yo quiero hechos.

En ese punto no podían estar más de acuerdo.

—Cuando nos dijeron que lo habían visto a bordo de una falúa griega, supe que me había derrotado. Siempre quise ser un buen perdedor. No le ocultaré que volví a la celda a echar una última mirada por si acaso se me había escapado ese minúsculo detalle revelador. No era así. Mi vida había cambiado. La intriga se había instalado en mí, y ya no podía dejar de interrogarme. Ese mismo día estaba en camino siguiendo su rastro, y aunque el viaje estuvo pobladísimo de incidentes curiosos que bien podrían haber desviado mi atención, el misterio de la celda cerrada no se apartó de mi pensamiento ni de día ni de noche. Ahora, modificado como estoy por la experiencia del viaje, sólo me falta la explicación que me ilumine, y habré puesto el punto final a la etapa oscura de mi vida.

Su interlocutor tardó en responder, pensativo a la vez que despegado de su pensamiento. ¿Era él el que pensaba, o lo estaba haciendo ese tenue fugitivo del cuento? Aunque su condición de santo lo hacía candidato ideal a protagonista de historias, encontrarse de pronto como personaje lo desconcertaba. En ese plano, se veía como un átomo animado por las necesidades del verosímil y el desenlace. Sintió un barrunto de vergüenza de estar expuesto de esa manera, y reaccionó no como personaje sino como ser humano:

—Para darle una respuesta —dijo—, tendría que pensar, y a esta altura de mi vida y experiencia no quiero pensar más. En eso también coincidimos. Si me acepta un consejo, renuncie a la satisfacción banal de saber. Yo sé lo que le digo. Estos misterios de cuarto cerrado, y todos los de su especie, enigmas de salón, exhibiciones de ingenio, son una pérdida de tiempo. Usted espera una revelación, como quien espera ganar la lotería, pero esa revelación, que según las reglas del juego estaba implícita en los datos del planteo, es una construcción redundante además de imaginaria. ¿De qué le serviría? El caso se resuelve, y no queda nada, ni en el mundo ni en la memoria. El problema estuvo ahí sólo para que se lo resolviera. Se cierra el círculo, y es una suma cero. Me resulta increíble que haya tanta gente que pierde tiempo en eso, que se malgaste tanta energía mental en el trivial esfuerzo de saber cómo pasó, quién lo hizo, cuáles fueron sus motivos. Perdóneme la ironía, pero ¡qué grandísima importancia nula tiene todo eso! El hilo de Ariadna del aburrimiento sólo conduce al pasatiempo. Es como para pensar que una vez que se han asegurado el techo y la comida, los hombres no tienen nada más que hacer. No tienen noción del valor del tiempo, de lo corta que es la vida y de la cantidad de cosas reales que se pueden hacer en su transcurso.

—¿Como cuáles? —preguntó el Cobalto.

—Si lo pregunta no va a encontrar la respuesta. No hay que preguntar. No hay «cuáles». Son todas, o no es ninguna. Hay que cerrar los ojos y seguir adelante. No hay desenlace sino un pasaje de horas irrepetibles y preciosas, como el viaje que hicimos nosotros dos.

XXVII

La despedida no fue tan traumática como había temido. Poliana era imprevisible, si hubiera necesitado una prueba más aquí la tenía. Aceptó sin objeciones sus mentiras, reclamó un pronto regreso que él no tuvo inconveniente en prometer, y pasó de inmediato a explayarse sobre sus problemas, sobre su paradójico desamparo de reina, las infamias a las que estaba sometida de parte de una madre autoritaria, un padre abandónico, un hermano rico y avaro y otro sensualista y haragán. Y él, el único hombre al que había amado de verdad, se iba y la dejaba quién sabe por cuánto tiempo... ¿Y cuánto había estado con ella? ¡Cuatro días! Cuatro días y ya tenía que irse.

Había contado los días. Típico de ella. A él le habían parecido más, seguramente por causa de la novedad de todo lo que había estado viviendo, que su consciencia expandía en el trabajo de asimilar y comprender. Pero cuatro días, le dijo, no era tan poco. Poco habría sido cuatro horas.

¡No! Poliana usaba por lo visto parámetros distintos de los suyos, porque para ella «cuatro», en tanto cuatro, era poco tiempo, así fueran cuatro días, cuatro meses, cuatro años o cuatro siglos.

—¿Pero qué diferencia habría hecho si me quedaba cinco días?

—Habría sido un día más. ¿Tan poco valor le das a un día conmigo?

—No. Le doy muchísimo valor. Es por eso que estos cuatro días que pasamos juntos son cuatro veces mucho.

—¡Cuatro días! Qué miseria.

—O estás improvisando, o estás mal de la cabeza, o te inculcaron de chica una matemática equivocada.

Ella seguía obcecada con el famoso cuatro, lo que salvó la situación para el santo, porque en la conversación, que fue la última que tuvieron, en lugar de reproches y llantos discutieron sobre los pros y los contras de un número. El absurdo alivianaba el dramatismo de una despedida que, por tener lugar en la Edad Media, tenía todas las probabilidades de ser definitiva. En aquel entonces las distancias se erizaban de inconvenientes y postergaciones. Los pocos que viajaban lo hacían una sola vez en la vida, y se les iban las ganas. Mejor no pensar en eso y seguir hablando de abstracciones. Él le decía que aun si no había buscado ese número de manera deliberada, se felicitaba de que hubieran sido cuatro días, ya que era un número de buen agüero, el ideal para presidir la relación del amor. Con el cuatro, la Naturaleza y el cosmos se ponían de parte de ellos.

—¿Acaso no son cuatro las estaciones del año? Todo lo que sea cuatro vuelve a ponerse en ese orden, en las dulces expectativas de la inocencia, en las melancolías del otoño, y luego en los polos del ardor y el hielo que cristaliza los seres y las esperas. Y sobre todo, el regreso una y otra vez que sólo el cuatro asegura, la repetición de las mismas fugacidades y enconos.

»¿Y no son cuatro los elementos? Otro ciclo que estábamos recorriendo, en el aire que respirábamos en conjunto, el fuego que nos abrasaba, la tierra que pisábamos y que se transfiguraba bajo nuestras plantas, y el agua que nos transportaba por el sistema arterial de una tierra encendida en cuyo centro estaba la burbuja del viento que se convirtió en diamante.

»¿No son cuatro los reinos animales? Cuatro los colores primarios más el blanco. Cuatro los escalones de una escalera corta. Cuatro las notas con las que se expresa un ave. Cuatro las partes en las que se divide el todo.

»El cuatro tiene la rara propiedad de ser el resultado justo de una gran cantidad de operaciones matemáticas, no sólo el clásico "dos más dos". Puede ser una resta: nueve menos cinco, dieciocho menos catorce, muchas más. O divisiones, como cien dividido por veinticinco. Es como un truco de magia, y sin embargo es perfectamente comprobable: hay una cantidad infinita de operaciones de las que el resultado siempre va a ser cuatro, créase o no.

»Pero yendo más al punto que tus quejas sacaron a colación, hay otra propiedad del número cuatro que lo hace especial, y es que puede designar a lo mucho tanto como a lo poco, sin dejar de ser el mismo número. Cuatro espectadores en un espectáculo teatral es poco, un fracaso, pero cuatro bellas mujeres en la cama con un hombre es una enormidad. Tener cuatro pelos en la cabeza equivale a ser prácticamente un calvo, mientras que tener cuatro ombligos lo convertiría a uno en un fenómeno por el que la gente pagaría la entrada para ver. No doy más ejemplos porque sería de nunca acabar, pero ese mismo hecho muestra la capacidad de proliferación que hay en el cuatro, y el motivo por el que enriqueció tanto nuestro romance.»

Ella no estaba convencida. Pero al menos la hizo reír. Quiso que le diera un último beso, un beso «de verdad», dijo. ¿No habían sido de verdad todos los que le había dado?

Quizás las partes de la tristeza también eran cuatro. Quizás no. Parecía más bien como una gran extensión indiferenciada. «No debería haber amado —se decía el santo—. ¿De qué sirve? Es pan para hoy, hambre para mañana.»

10 de junio de 2014

El santo, de César Aira
se terminó de imprimir en septiembre de 2015
en los talleres de Litográfica Ingramex, S.A. de C.V.
Centeno 162-1, Col. Granjas Esmeralda,
C.P. 09810 México, D.F.